恋

脚本 LOVE / THE PLAY

SEASON 01

根据新西兰真实华人故事改编

BASIC ON TRUE STORY IN NEW ZEALAND

樊野

EDDIE FAN

WORKS

A TOUCH OF CULTURE

一缕文化

PREFACE

序言

写这本书用时差不多10周，写的相当快，可能是因为它源于生活吧，思如泉涌。这一季给它取名为，［My name is Ellie］，很明显，是一种对主人公自己的爱情观的剖析，理性与感情的纠结，是非黑白是否就真的一线之隔？通过如此对自己赤裸的剖析，反应了感情世界里的五味冷暖。

这本书是对时间的记录，记录了幸福，记录了痛苦，历历在目的让我惊讶。停笔的时候，我不禁想起书里的那些人。法法，我和他已经断了联系，写书的途中，我很想去采访他，问一问他当时的感受，怎么说呢，想把故事写的更真实，更饱满吧。可惜，他的电话号码已经弃用了，我猜测他应该已经离开了新西兰，回法国了吧。肉肉依然在美国教书，不知道他成家了没有。小天，小天就是小天吧，偶尔还会从朋友的口中耳闻她的消息，见面亦是陌生人。

至于写作方式，我还是保留了我简洁明了的写风。我曾经读过一部电影的剧本原稿，很不一样的感觉，很简洁，甚至有点干燥，给读者很大的想象空间，把对人物的塑造很大程度的留给了读者去营造。我于是也试图以剧本的方式来写这本小说，大家读的时候可以去想想你会去怎么诠释这个角色，你怎么会演这出人生如戏。正因如此，主编最后也建议我给这本书取名为，［恋/脚本］。

可以说这是一本改编于真实故事的小说，真实的成分70%，创作成分30%。也许你读了会觉得很感人，也许你读了会觉得很矫情，也许你读了会觉得很精彩，也许你读了会觉得很牵强。但是，如果你能把整本读完，我觉得这也就是这本小说的意义了。

樊野/Eddie Fan　于奥克兰

01

法法

Fabrice

—1—

2月13号。

早上醒来，窗外下了一个晚上的雨终于停了。

翻身，一个人躺着。

床头柜上堆了一堆杂物，唯独没有时钟，墙上也没有。

我伸手把地上的牛仔裤拽过来，掏出口袋里的手机。

时间：早上8点36分。

短信：零。

我穿上内衣内裤，走在叽叽作响的木地板上。

一定是听到我起来了，Astro跑了进来。

我笑了，

“早安！”

“汪！”

我拍拍它的头。

法法也跟着走了进来，

“你睡得好不好？”

他穿着一条红色短裤，系着一条围裙，倚着卧室的门框，看着我。

并没有想告诉他，他夜里打呼的事，

“很好啊。”

“我做了早餐，你去洗洗，就上来甲板上吃吧。”

“好。”

还没刷牙的我，只是轻轻地吻了一下他的嘴唇。

他拍了一下我的屁股。

—2—

法法，本名叫 Fabrice，是法国人，来新西兰才九个月。

我叫他Fabrice，手机里面存的是法法。

—3—

今天甲板上风小了很多，我不知道我们在哪，远处能看到一个岛。

“你要橙汁还是牛奶？”

我无奈地笑了一下。

他接着说，

“当然！你当然是两个都要！”

“谢谢。”

“Bon appétit！”

我切下培根上的一块肥肉，丢给 Astro。

“你的房间里要加一个时钟。”

“所以，你能知道何时离开？”

“扫兴鬼。”

—4—

午后，法法带着 Astro 去游泳了，我在甲板上钓鱼。

其实，我也不会钓鱼，只是架了根鱼竿，坐在太阳下面看书，因为海水太冷。

“游得怎么样？”

我递给他一条浴巾，从他发梢滴下来的海水滑过他的身体。

“很好，你应该一起来的。”

我又递给他一瓶Heineken，Astro看上去一点都不开心。

我抱起 Astro，带它去吹干。

“那我去冲个澡，然后一起？”

“My pleasure。”

—5—

时间：晚上7点13分。

短信：零。

未接来电：一 肉肉。

“我们几点到岸？”

“8点之前吧。”

—6—

时间：晚上9点33分。

短信：“到家后给我个电话”－肉肉。

未接来电：一肉肉。

“喂，亲爱的，我在出租车上，马上就到家了。”

“怎么样？出差都顺利吗？”

“都挺好的。”

“我很想你。”

“我也是。”

“明天晚上一起吃个饭？”

“好呀，你定地方吧。”

“那我明天打给你。”

“行。”

“那拜拜，亲。”

“亲。”

挂了电话，我摸着 Astro的头，看着车窗外的霓虹。

开车的法法忍不住说，

“他怎么样，最近过得如何？”

“你就不要客气了，我知道你并不关心。”

“…… 和我在一起吧。”

我一句话也没说，直到公寓门口。

我把 Astro放到法法的腿上，捧着法法的脸亲了很久。

下车，

“Call me!”

我没有回头，只是挥了挥手。

我想假装站在公寓门口掏钥匙掏很久，这样可以听到他车子开远的声音。

但是，我知道，他看不到我乘的电梯上升，他是不会走的。

02

肉肉

Ham

—7—

肉肉，本名叫 Hamish，本地人。

我叫他 Ham，手机里面存的是肉肉。

‘肉’字拆开是‘内人’，我和肉肉在一起1年1个月20天。

—8—

2月14日。

情人节。

我决定为肉肉做晚餐。

我去谷歌上找了几道菜谱，

头盘：Crispy Scallops，

主菜：Duck Risotto，

甜点：Tiramisu。

都是肉肉喜欢的。

情人节的街上，无论天气如何，都还是温馨的。

到处都是促销，我也不知道要给他买什么礼物，

于是，零零碎碎地买了四五件小礼物，

内裤，袜子，香水，钢笔。

我还给 Astro 买了个新项圈。

—9—

时间：下午3点51分。

短信：“晚上定了7点半，在Clooney。:)”－肉肉

回复：“我决定亲自给你做烛光晚餐，你7点半来我这哦。:)”

—10—

下厨之前，我先下楼去遛了Knox。

Knox 跟着我已经6年了，很乖。

—11—

有足够的时间的时候，我很享受做饭，很有成就感。

时间：下午5点44分。

来电：法法。

“喂。”

“喂，你在干嘛？”

“我在做饭。”

“做什么？”

“Duck Risotto。”

“鸭子下去以后就不要再放水了。”

“你在干什么？”

“我还在外面，给她买礼物，也不知道买什么。“

我没有说话。

“你有给我买礼物吗？”

“我给Astro买了个项圈。”

“我呢？”

“我要去烧饭了。”

“Love you。”

“Happy Valentine’s day。”

—12—

肉肉到了，手捧玫瑰，笑到刚好露出酒窝。

我抱了抱他，Knox也跑来加入。

“弄的好漂亮啊，又是烛光，又是玫瑰花瓣。还烧了什么？好好闻。“

“那当然，情人节嘛。”

我给他倒了一杯白葡萄酒。

“给Knox买了个新项圈哦？”

“恩。”

肉肉拿起桌上的新项圈，拆开包装，给 Knox 戴上。

“戴不上耶，你买小了。”

“是吗？那我明天去退了。”

—13—

肉肉，那天过得很开心，喝了很多，也留了宿。

我把新项圈重新包了起来，收在柜子里。

03

小白

Candy

—14—

公寓的后面就有一个公园，我有空就会下去走走，带着Knox。

2月24号。

我坐在公园里的草坪上发呆，手里的书实在太难读。

Knox 已经跑累了，就坐在我左边。

一个女生跑步路过，深色的头发，穿着白色的短裤，身材好到让我都忍不住地看她。

她眼神飘过来的时候，

我赶紧低下头来看书。

再抬起头来的时候，她已经不在了。

2月26号。

又是她，在我还没有来得及躲避眼光的时候，她微微地笑了一下。

2月27号。

时间：下午5点55分。

短信："你在干嘛？"–法法。

回复："我在公园里看美女。"

时间：晚上6点03分。

短信："你在干嘛 :)？"–肉肉。

回复："我在公园里看书呢。"

那天微笑女孩没有来。

我决定，以后就叫她小白。

之后的两周，都再没有看到小白。

—15—

3月12号。

正要带Knox 离开公园，另一只狗向我跑来。

是Astro。

我抱起它，和它玩耍，很开心，因为也一个多礼拜没见到法法了。

抬起头，不见法法的身影。

—16—

我发了条短信给法法，“你在哪？”

再抬起头，

“它好像很喜欢你哦？”

一个笑嘻嘻的女生看着我，她，是小白。

“这是你的狗吗？”我觉得自己好像走入了什么陷阱。

“对啊，它叫Astro！”

“Astro？好名字。”

原来，小白就是传说中的Candy。

“我叫Candy。”她很有礼貌的伸手来握手，

“嗨，我叫Ellie。”我们握了握手。

后来，我把Knox也介绍给她认识，

她很健谈，对我讲一堆和狗有关的事，

我都无心入耳，

可是，我也不知道我应该有如何的感受。

“See you around！”，小白走了。

我看着Astro戴的那个新项圈，挥了挥手。

—17—

接下来的一个礼拜，我都没有去公园。

—18—

3月21号。

法法的生日。

时间：早上7点56分。

短信："今天是我生日，你要为我做些什么？"－法法

回复："你晚上那么忙，你等下打过来，我唱生日快乐给你听。"

－19－

"Happy birthday to you,

happy birthday to you,

happy birthday dear Fabrice,

happy birthday to you!"

－20－

晚上，我和肉肉一起出去吃饭，泰国菜。

"两位！"

服务生领我们去桌。

"Ellie！"，有人喊我，

是小白！坐在她对面的是法法。

法法看着我，惊慌中露着一丝坏笑。

"嗨，是Candy吧？"我还假装记不清她的名字。

"是的，这是我男朋友Fabrice，今天是他生日！"

"哦，生日快乐，Fabrice。"我说。

"这是我的男朋友Hamish，今天不是他的生日。"我接着说。

"坐下一起吃吧！"小白热情的说。

"打扰了吧，你们这庆生呢。"我再一次觉得走入了什么陷阱。

法法补了一句，"一起吧，不用客气。"

我决定，陪法法玩一把。

04

始

The beginning

—21—

“所以，Candy，你是做哪一行的？”肉肉问到。

“我是空姐。”

“你呢？Fabrice，你是做什么的？”

“我是做行销的。”

“那你们怎么认识的呢？”肉肉的职业病发作。

小白却没有害羞的意思，“我2年前去法国航空公司工作，

刚到巴黎没多久，就在一个派对上认识了Fabrice，

之后我们就在一起了。

10个月前，我决定回新西兰工作，Fabrice也和我一起搬了过来。”

这个故事和法法告诉我的版本基本一致。

“好浪漫啊！”肉肉说。

“那你们是怎么认识的？”小白反问肉肉。

“我们就没有那么浪漫了。

我是大学教授，Ellie是做出版的。

我们是朋友介绍认识的。”

顿时，我觉得自己好像被比下去的感觉。

“不好意思，我去一下洗手间。”法法离桌。

—22—

时间：晚上9点20分。

短信：“你还记得我们是怎么认识的吗？”–法法。

删除。

—23—

我和法法是在6个月前认识的。

那天是我好友的生日，晚餐后我们去了一个酒吧，Ice。

时间：凌晨2点33分。

短信："亲爱的，今天生日过得很开心，我先走了，你也别玩太晚。" – 七七。

回复："知道啦！"

我喝得已经茫了，站在酒吧门口，想找人要根烟抽。

一个男生路过，手里拿了两瓶啤酒，东张西望的。

那就是法法。

他当时还染了一头金发，和他棕色的眉毛一点都不搭。

"有一瓶是要给我的吗？"我调侃他。

他笑着说："我是买给我朋友的，不过我找不到她了，那就给你吧。"

我不客气地拿了过来，喝起来。

"有烟吗？"我说。

他递给我一根，给我点上。

"所以你是哪里人？"

"我是法国人，才来这里3个月，很喜欢这里。你呢？"

"我是中国人，在这很多年了。"

"你是个漂亮的中国女生。"

"你也不赖，不过你这头发染得太糟了！"

他大笑说，"You are funny！"

"So they say。"

"要一起跳舞吗？"

"都要凌晨三点了，没有更好的事情可以做吗？"

"哈哈，我喜欢！"

弹掉手上的烟蒂，拥吻了几秒，法法说：

"You are a good kisser."

我坏笑了一下，把他拉上了一辆出租车。

—24—

时间：早上8点01分。

短信："你起了没？我头好痛。"－七七

我头不痛，不过好像有头痛的事情要处理。

转过身，看见法法的背，

一个十字架的纹身，上面缠绕着带刺的玫瑰，好正。

我的指尖延着他的脊椎，摸着那带刺的玫瑰，滑到他的股沟。

他的股沟上方还有一个纹身，"ENJOY"。

That was fucking sexy。

我用指尖延着那纹身的图案写着，"I ENJOYED"。

还没写完，"早安。"

法法醒了，"给我一个拥抱。"

"不早了，你该走了。"我起身穿起裤子。

他转过身，看着我说："你白天也不难看。"

我用力忍住，没有笑出来，"起来吧，我还有事要忙。"

临走的时候他说："I am Fabrice, you?"

"I am not interested."

"Goodbye, Miss. Not interested." 法法的幽默感。

我关上了门。

—25—

3月21号。

法法上完厕所，回到餐桌。

"What did I miss? " 法法说。

"Nothing interesting。" 我说。

05

My name is Ellie

— 26 —

6个月前，9月30号，初遇法法后的第3天。

我带着Knox下楼去公园，楼下的邮箱里有一封信。

收件人：Miss.Not interested，没有邮戳。

到了公园后，我坐在草地上，打开信封，

“我没有你的手机号，只能给你写封信。

我不知道，你是不是经常去酒吧玩，但是我不在意。

我喜欢你抽烟的样子，我喜欢你的直白，我喜欢你手指穿过我的头发。

我想知道更多的你，这是我的号码，021 352 7676。”

— 27 —

10月24号。

我去市中心办事，走过High Street的时候，

法法迎面走过来，我已来不及闪躲。

“你一直都没有打给我哦。”

他把头发染回了深色，他原本的颜色，整个人好看很多。

“不好意思，那封信我不小心弄丢了。”

“不过我们还是见到了，冥冥之中自有安排啊。”

这点，我真的无力反驳。

“这次，你一定要把电话给我。”法法很坚定地说。

在白天，在没有酒精的控制下，我好像无法变的很冷酷。

“OK，021，717，9381。”

“好，我打给你，然后你就知道我的号码了。”

我的手机响了，来电显示：法法。

他笑了："所以你存了我的号码！你存了，还说什么弄丢了！你存的这是什么呀？中文吗？是什么意思？"

我脸有些热："呃…… 是法国人的意思。"

"我要去上班了，保持联系。"法法挥挥手走了。

看着他远走的背影，我给他发了一条短信：

"我在你的手机里会是什么名字？"

— 28 —

10月24号。

时间：上午11点46分。

短信："我至今都不知道你叫什么名字。"－法法

回复："My name is Ellie。"

— 29 —

10月25号。

时间：下午4点20分。

短信："你今天晚上要不要一起吃饭？"－法法

回复："不行，今天晚上我要和我男朋友去看一个歌剧。"

回复："你都没告诉过我你有个男朋友。"－法法

回复："你从来没问过。"

— 30 —

10月26号。

时间：早上7点29分。

短信："歌剧好看吗？"－法法

回复："如果你喜欢歌剧的话。"

回复："你今晚干嘛？"－法法

回复："I can' t be your girlfriend。"

回复："I don' t want a girlfriend。"

－31－

10月27号。

时间：晚上10点11分。

短信："我就想再见见你。"－法法

－32－

10月28号。

时间：晚上11点50分。

短信：零。

－33－

11月10号。

时间：早上8点55分。

短信："亲爱的，早安！罗马现在是晚上快9点了。

很抱歉，我不能陪你过我们在一起之后的你的第一个生日。

我给你买的生日礼物，今天会邮到你公司，我想你应该会喜欢。

生日快乐，亲。"－肉肉。

我不喜欢生日，只是一个计时方式，没有什么意义，我哪天想吃蛋糕，哪天吃。

中午，肉肉的礼物到了，是一双拖鞋。

我的真皮拖鞋脱线很久了，他还真有心。

晚上，我在公寓里，抱着Knox，穿着新拖鞋。

电视上在播[Bridget Jones' Dairy]。

突然有点失落，觉得自己好愚蠢，明明是个不喜欢生日的人，也不知道在失落什么。

我短信了法法，“我今天过生日。”

回复：“和谁一起庆祝呢？”-法法。

回复：“和我的狗。”

回复：“你想我过来吗？”-法法。

回复：“你想过来吗？”

回复：“我15分钟到。”-法法。

—34—

开门。

“我带了白葡萄酒…”法法还没说完。

我把他拉进来，吻他。

关门。

他把酒放在桌上，差点放倒。

手指穿过他的头发，他的胡扎磨着我的脸，一路踉跄到卧室。

喘息中，躺在床上的法法说：“I missed you。”

“Did you fucking miss me？”

“Yes, I did。”

“So did I。”

继续。

— 35 —

事后。

“Happy Birthday.”法法说。

我亲了一下他的额头。

— 36 —

我一丝不挂地走去厨房，拍了拍Knox的头，倒了两杯白葡萄酒。

走回卧室，递给法法一杯。

他把嘴里抽着的烟递给我。

我吸了一口，说：“所以，你是做什么工作的？”

他大笑。

— 37 —

早上起来，法法穿起我的拖鞋去上厕所。

我告诉他，他不可以穿那双拖鞋。

06

七七

Elle

— 38 —

七七，本名王然亦，Elle，生在这里的华人，

家里七个孩子中最小的一个，他家人都叫她老七，

我不喜欢“老”字，我叫她七七。

我们从小就很投缘，名字又只差一个字母，像双胞胎一样。

— 39 —

6个月前，9月12号。

时间：晚上7点07分。

短信：“你最近和肉肉怎么样？”－七七。

回复：“他说他明年想去美国教书。”

回复：“你会和他一起去吗？”－七七。

回复：“你觉得呢？”

— 40 —

11月15日。

雨天，

我和七七在一家咖啡店里小聚，店叫Mojo。

我很喜欢这家店，没事都会来这里，老板都能猜到我要点什么。

店里有只猫，老板的猫，来去自由，很散漫的一只猫。

“所以，有什么新闻？”七七说。

“我认识了一个人，他叫法法。”

“有感情投入？”

“没有。”我很毅然地说。

七七并没相信我，“我当年就不应该把肉肉介绍给你。”

“你这么了解我，还介绍他给我，我就说你和他面和心不和。”

“哪有！”她笑着推了下我的肩膀。

— 41 —

12月25号。

时间：早上10点29分。

短信：“圣诞快乐！你和肉肉一周年快乐！”－七七。

回复：“圣诞快乐。”

— 42 —

1月20号。

时间：晚上11点00分。

短信：“我觉得我好像很喜欢法法。”。

回复：“我知道。”－七七。

— 43 —

2月11号。

时间：早上11点44分。

短信：“法法说偷情日要带我去出海。”

回复：“记得穿救生衣。”－七七。

回复：“穿也没用。”我觉得自己越陷越来深，什么都救不了我。

—44—

3月13号。

老地方。

“所以，有什么新闻？”七七说。

“小白其实就是Candy。”我故意说得很不经意。

“扯蛋！”七七嘴里的咖啡差点喷出来。

“人还不错，好像。”我说得有点违心。

“那你接下来要怎么办？”

“也没什么可办的。”

—45—

3月22号。

阴天，

我在Mojo门口抽着烟等七七。

她小跑过来，“最后一口给我。”

我把烟递给她。

坐下后，猫就跳来我的腿上，闻着Knox的味道。

“说。”七七迫不及待地问。

“我和法法，肉肉，小白，4个人一起吃了饭。”

“SHUT UP！”七七一脸要看好戏的表情。

“I know。”

“那你接下来要怎么办？”

“我不知道。”我难得发自内心的束手无策。

“你不如直接和肉肉分了吧。”

“再等等吧。”我想等肉肉和我提去美国的事情，应该就会自然而然地分了。

07

沙发

The sofa

—46—

15个月前，12月21号。

“今年圣诞节你有什么打算？”Mel 问我，她坐在我的对面，拿着一支铅笔，时不时地写几笔。

“和往年一样。”我托着腮说，坐在这个旧旧的皮沙发上，

应该才清洗过吧，沙发上有一股淡淡的蜡的味道。

“今年不回家看看？”

我没有回答。

“不去看看你妈？”她接着问。

我依然不语。

“真的就不要她了吗？”

终于，我忍不住了，“不要她？”

我有些激动，“是她不要我！是她离开了我！是她丢弃了我！”我的食指指着自己。

“可是那都是7,8年前的事情了，你不觉得是时候该原谅她了？”

“我们今天为什么要聊到这个？”我不明白为什么Mel 又旧事重提。

“因为你今年一直都没有进展，我不希望你的生活总是这么消极。

你心里一直有这么股怨气，对你不好。

原谅她，会带给你一些善良和温暖。”

“那不是我，我不是一个温暖的人。”我抱起沙发上的一个抱枕。

“你只是不敢成为一个温暖的人。”

我放下手里的抱枕，“到时间了吧？我走了。”

我迫不及待地走了，带着一丝对那皮沙发的不舍。

—47—

12月25号。

时间：下午2点21分。

短信："您有一条语音留言。"－七七。

听。

"嗨，我知道你不喜欢圣诞节，不过没人愿意一个人过圣诞节嘛，你要是没什么节目就过来吧。

没多少人，没小孩，而且我亲自做了甜点哦~拜。"

删除。

我抱着Knox 在床上说，"大头，你说我们去不去？"

继续睡觉。

—48—

12月25号。

七七打开门。

"Merry　Christmas！"我站在门口，一手牵着Knox，一手拿着伏特加，嘴巴咧到耳根。

"啊！"七七开心地抱住我，她应该是真的没想到我会来吧。

"来来来，我有人要介绍给你。"七七拉着我。

七七的家人都不住在这个城市，可是这并不影响七七对节日的热情。

房间布置的很圣诞，角落的圣诞树，墙上挂了圣诞袜，连餐桌上的纸巾都印着圣诞老人。

"这是Hamish，聊吧！"七七带着Knox去阳台，就这样把我丢在这个男生的面前。

“Hi, nice to meet you! ”

“Hi, my name is Ellie。”

他很可爱，有两个酒窝，金色的头发，一张好人脸。

“你怎么认识Elle? ”他问我。

“我们是小学同学。你呢? ”

“哦，我刚搬来这栋楼，就住隔壁。”

接下来的30分钟里，我得知，

他是家里的老大，有一个弟弟和一个妹妹，

他在大学里面教书，教的是人文历史，

他刚去过中国做文化交流，对我说了几句很生硬的中文，

他业余时间喜欢游泳。

他的头就正好在圣诞树上的灯光和夕阳的光中间，

他，

善良，温暖。

— 49 —

1月9号。

皮沙发上的蜡味已经没有了。

“所以，我听了你的意见。”

“你原谅你的妈妈了? ”

“不，我找到了善良和温暖。”

08

如果爱

Maybe it’s love

—50—

14个月前，1月3号。

早上醒来，窗外夏日的阳光透进来。

翻身，一个人躺着。

床头柜上放了一本书[Little women]，一个数字时钟，一盏台灯。

时钟时间：早上8点41分。

台灯的灯罩上贴着便利贴："不要起床，等我。"

躺下，我伸了个懒腰，望着天花板发呆。

不知道过了多久。

"早安！"

肉肉端着早餐走进来。

"早安！"我坐起来，整了整我的头发。

"今天我们有煎蛋，培根，吐司，还有橙汁。"肉肉的酒窝又跑出来。

"要不要这么贴心啊！"我接过早餐，觉得很温暖。

时间：早上9点30分。

短信："你们俩昨天晚上也太大声了吧?！"－七七。

"哈哈哈。"我大笑出声。

"怎么了?"肉肉问我。

"Elle说我们两昨晚太大声。"

"呵呵。"肉肉有点害羞。

回复："结尾有没有很精彩?"

隔壁传来一阵笑声。

回复："Bravo！"－七七。

我亲了一下肉肉，开始吃早餐。

— 51 —

2月14号。

下了一夜的雨仍然继续，我和肉肉窝在床上。

他的闹钟响了。

“Ham。”我从背后抱着他。

“哈哈，你干嘛叫我Ham？还培根呢。”他揉着眼睛。

“你不觉得Ham很可爱吗？”我拨弄着他的头发，金金的。

“好吧。”他还没睡醒。

“你今天要工作吗？”

“大学还没开学，我还能清闲几周。”

“那我今天不去上班了，我们就在家呆一天好不好？”我亲着他的脖子。

“好啊。”他说。

虽然是看着他的后脑，我想，他的酒窝又跑出来了吧。

— 52 —

2月19号。

时间：下午3点15分。

短信：“好久都没你消息了，你圣诞新年都过得怎么样啊？”－Marc

删除。

— 53 —

3月9号。

被肉肉拉去看画展。

“你觉得呢？”他端详着一幅画，寻求我的意见。

“乍一看很好看，看久了却不知道它想表达什么。”

“就是这个原因才招人喜欢吧，有点神秘感。”他应该只是在讲那幅画，我却觉得他在说我。

我在看了看那画，继续说：“不过一定有她背后的意义吧，只是我们没有看懂。”

“当然。”他微微笑了一下。

走到下一幅面前。

“这个就好直白，写实，夕阳下山，给人暖暖的感觉。”我说。

“可是没什么新意吧，画的是很好，不过好像之前在哪就见过这么一副画。”

“恩。”我一时也不知道怎么反驳。

肉肉接着说：“比如这两幅都是一样的价钱，你会买哪幅？”

“当然是那幅，”我指着神秘的那幅，“关键是这两幅肯定不会买一样的价钱。”

“也对，那幅一定荒谬的贵。”

我看着他笑，

他不知所措地回笑：“干嘛？”

我好喜欢他的酒窝，好可爱，好诱人。

我用手指戳进他那笑起来凹进去的酒窝。

他拉我到他怀里，用力地抱了一下。

— 54 —

4月22号。

我和肉肉在看电影。

时间：晚上8点58分。

短信：“你最近忙什么呢？想你了。”－Marc

删除。

“谁啊? ”肉肉问。

“没谁。”我牵着他的手，继续看电影。

—55—

5月20号。

我送肉肉去机场，他要飞去智利开一个座谈会。

虽然只是一周，也算是我们第一次小别。

“到了之后给我发个短信。”我帮他把行李拿下车。

“你就别送我进去了，你呆得越久我越难过。”他不太擅长离别。

“我知道啦，我走。”

我亲他。

等他走进去之后，我开车离开。

路过看见左边，一个男生拿起一个重重的行李箱放进车的后备箱，

他弯腰的时候，露出后腰上的纹身，“ENJOY”。

09

20, Summer Street

—56—

3月23号。

我坐在我的车里，在伊甸山顶上，望着雨中山下市区的霓虹。

“所以，你想怎么做？”坐在副驾的法法说。

“我不想去想，没什么意义。”我说。

“你男朋友看上去人挺好的。”

“好，你拿去用啊。”

“所以我们就继续演下去吗？”

“你想怎么做？”我依然看着远处的光，其实我很不知所措。

“我想和你在一起，你明知故问。”

“你都不是单身，你谈什么在一起？”

“我明天就可以离开Candy，是你离不开Hamish。”他斜了我一眼，冲了我这句。

我转过头看着他，有点激动：“我不想成为你离开Candy的理由，

你离开Candy的理由在你遇到我之前就有了，也是你为什么会遇到我。

所以，不！不要为了我而离开她，为了你自己离开她，而我会再决定要不要和你在一起。

而我，你知道不是我离不开Hamish，我只是在等他离开我。”我又平静下来。

他牵起我的手：“我知道。”

“我想问你一个很愚蠢的问题。”我的大拇指碰触着他的中指。

“问吧。”

“你爱我什么？”我难得害羞。

“我爱你虽然讨厌圣诞节，但是当你听到圣诞歌曲的时候，你还是会跟着哼；

我爱你虽然知道情人节不能给我买礼物，但是你还是给Astro买了个礼物；

我爱你，虽然想和我在一起，却不想成为伤害Candy的理由；

我爱你，总是故意冷淡，其实只是害怕别人知道你很善良。”

他说得很自信。

我听得很感动。

“你根本不懂我。”我依旧很冷淡。

他只是笑笑。

“我们来这是看夜景的哦？”他右边的眉毛挑起来。

— 57 —

20，Summer Street。

我送法法回家，这个我路过了很多次的房子。

“你知道你可以进来，Candy今天飞巴黎，后天才回来。”

“不用了。”我亲了他。

他下车离去。

我至今还没去过法法的家，我不想看到他和另一个女人搭建的窝。

开车离去的时候，我想起法法在山顶上说的话，很满足。

— 58 —

3月26号。

我走在公寓后面的公园里。

一周以来天气第一次放晴。

草地还有点湿，我找了一张长椅坐下来。

继续看着那本很难念的书。

“Ellie！”

我抬头，小白穿着她的白色短裤向我跑来。

“哦，嗨！”我挥了挥手。

她坐下来，“在看什么书啊你？”

我举起书给他看，书面上写着［Little women］。

“天那，这么老的书！”小白说。

“你这几天都干嘛啦？”我客气地问问。

“刚从巴黎回来，今天天晴，所以出来做做运动。”她边说边摸着Knox。

“真好。”我应付地说。

“对了，那天晚上我吃得很尽兴，咱么四个应该经常这么聚聚，很高兴认识你们两个。”

“也很高兴认识你们！”我掩饰着尴尬，告诉自己是个好演员。

“你们这周五晚上干什么？应该来我家吃个晚饭，我下厨！”小白有点异常的热情。

“好呀，我要问问Hamish，应该没问题吧。”

“好好好，那我就先走啦。”

小白挥挥手，继续她的慢跑。

渐远的背影里，我不由自主地看着她曼妙的身材。

— 59 —

3月29号。

20，Summer Street。

这个路过很多次却从来没有进去过的房子。

“挺好看的啊，这房子。”肉肉说，“也不知道他们是买的还是租的？”

“租的吧，他们不是才回来没多久。”

叮咚，我按了门铃。

里面传来狗的叫声，是Astro。

法法开了门，“嗨！欢迎欢迎！”。

进门之后不见小白，我问道：“Candy呢？”

“真是抱歉，她临时被安排飞悉尼，明天才回来。”

顿时，我不知道，没有小白在，是比较不尴尬，还是更尴尬了。

“那真是可惜了。”肉肉说。

Astro跑过来抱住肉肉的腿。

“哟，这是谁啊？”肉肉把Astro抱起来。

“他叫Astro。”

“嗨，Astro！”肉肉摸着Astro，

“呀！他带的这个项圈和你给Knox买的那个一样哦！”肉肉笑着看着我。

“哦？”我完全忘记这回事，慌了半秒之后，

我走上前看了看Astro的项圈，“真的耶，好巧哦。”我转头尴尬地看着法法。

“来来来，我带你们走一圈。”法法及时转移话题，带我们参观他们的房子。

— 60 —

走过走廊，看着相框里一张张合影，我有些内疚。

照片里的他们笑得很开心。

走廊的尽头放了一个很大的鱼缸，里面有很多五彩的鱼，鱼缸底部有个城堡。

— 61 —

“我就随便做了点，不要介意哦。”法法谦虚地说，他明明就是个很会烧菜的人。

桌上的餐具摆得很精致，我不知道那都是法法选的还是小白的品味。

“所以，你们以后有什么打算？一直都在新西兰呆下去吗？”法法看着肉肉。

我知道法法为什么这么问，我故意没有看他。

“哈，你问得好巧，我想去美国教书，下半年就可能去。”

“那你呢，”法法看着我，“你也一起去吗？”

我还没来得及开口，“Ellie她很放不下这里，所以我们还在讨论这个事情。”肉肉握住我的手。

法法依旧看着我，这时，我也看着他。

我知道他就是想亲耳听到我对肉肉说：“我是不会和你去美国的。”

可是，现在不是对的时间，不是对的地点。

我丢下法法的注视，摆上一脸笑容，看着肉肉说：“是的，我们还在讨论这个事情。”

“是啊，这么大的事情，不是个容易的决定。”法法有点穷追不舍地继续停留在这个话题。

我有点忍无可忍地回了一句：“你不也为了一个人搬来了这个国家吗？”，我又把视线还给他。

法法愣了一下，他大概没想到我会这么将他一军吧。

“对啊，你是怎么做下这个决定的呢？”不知自己身陷一场战争的肉肉补了一句。

法法看了肉肉一眼，然后继续看着我，瞪着我说：“我想我一定很爱她吧。”

很痛，听到这句话，让我的心很痛，虽然我知道他是故意赌气说的，但还是痛。

我没有再补一枪。

肉肉白目地说：“好贴心哦，”然后扭头傻笑地对我说，“所以你有多爱我？”

我已经无心再继续演下去，也无暇再顾及肉肉的感受。

“不在这谈这个吧。”我低头吃饭。

肉肉尴尬了半秒，“当然，当然。”

“再来一杯吧？”法法拿着半空的红酒瓶，试图打断他一手营造的尴尬。

－62－

晚饭后，我和法法在厨房收拾餐具，肉肉在客厅和Astro玩。

“对不起，我刚才那么问你。”法法用肩撞了我一下。

“你明明知道答案，你还问。”

“他知道吗？”

我没有说话，刷着盘子。

“我不需要听到那个答案，你需要，他更需要。”

我把刷完的盘子递给他，不言。

“你需要告诉他。”

我抬头看着客厅里的肉肉，“等我准备好了，我自然会告诉他。”

“我和你一起等。”他靠过来。

我一把把他推开，“你疯啦你！”我用眼神示意肉肉的存在。

他忍不住地笑出声来。

肉肉好奇地看过来。

10

愚人

Fools

—63—

4月1号。

有的时候，生命不在我的掌控之中。有的时候，我还是要遵守一些规则。

周一，下雨，我把自己从床上拖起来，

刷牙，我好不喜欢看到现在的自己，就故意把热水开很大，把镜子涂上一层雾。

开车去公司。

我很不喜欢在电梯里和陌生人说话，虽然别人的只是友善地说两句。

可是我不知道这个电梯之旅会有多长，

是敷衍地回一句，却发现还有十秒的尴尬；

还是认真地回答了，却话说了一半别人就下了电梯。

还是安静吧，安静就好。

“早”，电梯里一个从未说过话的同事说。

“早”，我礼貌地点头。

“2月份的时候我在码头看到你，你是刚出海回来吧？是和你男朋友吧？我在那码头也有一艘船。”

半秒，我花了半秒的时间决定不去和一个无关痛痒的人建设一个新的谎言。

“哦，只是朋友，出海一起钓鱼而已。”我眼睛瞄着电梯显示到了6楼。

叮，7楼到了，我迫不及待地下电梯。

“祝你一天愉快。”她说。

“你也是。”我回头笑了一下。

—64—

到了办公桌，坐下。

想起昨晚和肉肉的对话。

—65—

3月31号。

“我们可以谈谈我去美国的事情吗？”情人节之后，肉肉第一次提这个问题。

“谈啊。”我很不想谈。

“去美国教书一直都是我的梦想，所以我真的很想去。”

“我真的很不想成为那个挡在你梦想前面的人，所以我一定不会拦着你。”我毫不犹豫地说。

“可是你要和我一起去吗？”

“我在这过得好好的，不能说走就走啊，而且你在美国的收入又不能承担我们两个人的生活，我又不是一去就能找到工作。”

“所以，我们远距离？”肉肉退而求其次。

“不，我是绝对反对远距离，浪费时间，自欺欺人。”我很斩钉截铁。

“所以你是要分手吗？”他有点急了。

“我不要任何事情，我过得好好的，我们过得好好的，是你突然告诉我你要离开，是你要去美国。”这些台词我好像都事前准备好的了。

“我知道，可是我感觉你好像都没在努力去维持我们的感情。”

“我也不知道要怎么做，说不定，到了9月，我就会想和你一起去了。”

“你看看人家Fabrice还不是为了Candy才漂洋过海地来了，因为爱。”

“有些人是crazy in love，有些人是stupid in love，你知道他是哪样？”说完，我就知道我给自己挖了个洞。

“所以你是哪样？”果不其然，肉肉把我推进洞里。

“我是in love，但是我不crazy，也不stupid，我理性。”我扯淡着。

“那你爱我吗？”我转舵把同样的矛头对着他。

“爱。”他毫不犹豫。

“你爱我什么？”我想知道他的答案会和肉肉的有什么区别，

我也深深的知道，比，就一定要有人输。

而无论是他们两谁输，我都输了。

他愣了一下，“我爱你的理智，我爱你的独立，我爱你的幽默，我爱你的爱憎分明。”

他输了，我也输了，我们输给了我的理智和我的独立。

而我此刻终于爱憎分明了，我是不会去美国的。

—66—

4月1号。

时间：早上10点00分。

短信：“我不去美国了。”－肉肉。

回复：“真的吗？”

回复：“愚人节快乐，:p！”－肉肉。

坐在办公桌前，看着肉肉送我的盆栽，我决定，不再给它浇水了。

11

光棍节

One day

— 67 —

5个月前，11月12号。

有的时候，生命不在我的掌控之中，有的时候，那却是我们生命中最精彩的一段。

周一，小雨 。法法把自己从床上抱起来，

“去上班吧。”他帮我挤了牙膏。

我看着他的背影，圆滚滚屁股上那诱人的纹身。

“过来帮我刷啊。”我坐在床沿。

“快点过来啦，要迟到了你。”

我走过去，看着镜子里的法法，好美。

开车去公司。

“早。”我对电梯里一个熟悉的同事说。

“早，你生日过的怎么样？”她很善良地记得了我的生日。

“很好，”我微笑，“恩… 非常好。”

我收不起那微笑，走出了电梯。

— 68 —

到了办公桌前，坐下。

想起昨晚和法法的对话。

— 69 —

11月11日。

时间：早上8点44分。

短信：“希望你喜欢你的生日礼物！我睡了。”－肉肉。

转过身，看见法法的背，

还是那个缠绕着带刺的玫瑰的十字架纹身，还是好正。

他说，“早。”便起身穿起我的拖鞋去上厕所，

我告诉他：“你不可以穿那双拖鞋。”

“为什么不可以？”

“因为那是我男朋友送我的生日礼物。”

“你还满在乎他的嘛。”我的答案好像出乎了他的意料。

“应该吧。”躺在床上，点了根烟。

“那你为什么还在外面玩？”他上完厕所，靠在门框上继续问。

“因为他要去美国了，我并不想去。”

“嗯… 那是挺难的。”

我不想再聊这个话题，于是重新开题：“你知道在中国今天是什么日子吗？”

“什么？”

“光棍节，因为四个1。”

“真的哦？”法法笑了。

我搂着他说：“所以我要好好的帮你过节，”

法法似乎好像要说什么，

我接着说：“所以你今天想做什么，我就陪你做什么。”

他眉头舒展地说，“好啊！”他跳起来熊抱着我。

— 70 —

时间：早上10点20分。

短信：“你昨天晚上生日怎么过的啊？”－七七。

我和法法决定去看早上第一场的电影。

早上10点电影院的气味，就是那股刚刚被打扫过，但是还有一股脏脏的味道。

坐在影院里的最中央，

法法把在门口买的一包糖果递给我，“早餐。”

我笑了一下，举起手里的咖啡，说，“干杯。”

亲。

看电影的时候，法法一直牵着我的手。

最开始的时候，我还觉得他好幼稚，像个高中生一样，

后来我觉得，

蛮好，

被需要的感觉蛮好。

电影结尾，男主角死了，法法哭了。

第一次看到他哭。

哭得很丑，我拍拍他的头。

— 71 —

时间：中午12点17分。

短信：零。

法法的眼睛还有点红，“我们去看画展吧。”

“真的假的？你还这么文艺哦？”有点出乎我的意料。

“Art is life, life is art.”他很自豪地说。

走到一副画前，好熟悉，看来这幅画是画展的常客。

“你觉得呢？”法法问，我好像De ja vu一样。

“就乍一看还不错，看久了也不知道它想表达什么。”

“呵呵，那只是你看的还不够久。”

“你看出点名堂没？”我开始觉得他挺有趣的。

“没，谁有时间没事看这玩意这么久？”他看着我笑。

“所以你有时间干嘛？”我也就顺着他说。

他的眉毛调皮起来，

他拉我去一个角落，吻我，

有种刺激的快感。

—72—

从画展走出来，

“接下来要干嘛？”我问法法。

“我也不知道。”

“去你家看看吧，你都来过我家两次了。”我提议。

他顿了一下，“今天不合适啦，家里很乱。”

我没有多想。

—73—

这个季节的奥克兰，不热不冷。

躺在市中心公园的草坪上，暖暖的阳关扑在脸上。

周围没有很多人，大部分大学生的期末考试都已经结束了，暑假早早的开始了，

这个市区，学生一走，就空了一半。

“我就是在这念的大学。”我看着天空。

“念的是什么？”他也看着天空。

“呵呵，外贸和房地产。”我不知道为什么，我从来不能引以为豪地说出我的学历。

“可是你的职业不是房地产，不是吗？”

“恩，我是做出版的，书籍杂志什么的。”

“那自己也写东西吗？”法法很好奇，

“有时候也会给杂志写个专栏什么的。”我不是很喜欢聊个人隐私的事情。

“都写些什么？”他还是很执着。

“都写，不熟的朋友一直问个人隐私的问题是有多烦人。”我正儿八经地说。

“哈哈哈。”他笑了，起码他还是个有幽默感的人。

“你那晚说你是 … ？”

“我是做行销的。”

“不好意思，我当时没太在意听。”

“我知道，你当时也本来就敷衍地问问。”他转过脸来看着我。

他知道我并没有很想继续问下去他工作方面的事情，所以他也没有多说。

我，喜欢这种不谋而合的默契。

“说一句法文给我听。”

“Tu es beau。”我能感觉到他的目光，有点脉脉。

“什么意思？”

“你很美。”

“哈哈哈，谢谢。”我觉得剧情有点俗套。

“你也对我说一句中文吧。”

我就知道他会这么要求，“你很傻。”

“什么意思？”

“呵呵，”我也转过头来看着他，“你很傻。”

“恩，我常常这样。”

— 74 —

回家，翻云覆雨后，

小小的浴室里挤了两个人，

十五公分的身高差，对视的眼神，

其实，他才好美。

我帮他洗着头，他傻傻地看着我，

泡泡顺着水雾流到他的鼻尖，

流到他的嘴角，融在他的黑色胡扎里。

在草坪上，他告诉我他的业余爱好是击剑，

这从他那壮实的腿和臀线表露无疑。

泡泡顺着水雾流到他的人鱼线，

流过他的臀线，流过他的小腿。

此时此刻，我活在这些泡泡里，

分分钟都妙不可言。

—75—

晚上叫了披萨，吃剩下的边就丢在盒子里，

Knox跑过来都吃掉了。

我坐在沙发上看着电视上无聊的周日节目，

法法卷了一根烟，靠着阳台的门框抽。

烟味飘过来，我的鼻子告诉我，那不是普通的烟，

他走过来，把烟递给我，

我吸了一口，他吻过来，烟从我们的唇缝里钻出来，也钻进了我的血液。

“我要告诉你一件事。”他好像要烟后吐真言了。

“说吧。”我的血液开始冲向头脑。

“Je t' amie。”他捧着我的脸说。

“什么意思？”

“我爱你。”

“哈哈哈，你个疯子，你才见过我几次面啊？”

他吸了一口烟，吐在我脸上。

我的手机震动了一下。

时间：晚上10点50分。

短信："我起床了，你今天都干嘛了？"－肉肉。

回复："你曾经去过法国交换学生三个月，是吧？"

回复："对啊。"－肉肉。

回复："Je t' maie。"

回复："哈，亲。"－肉肉。

"你男朋友哦？"法法问。

"恩。"

"你爱他吗？"他拨着我的头发。

"I hope so."他把我抱起来，走进卧房。

—76—

11月12号。

回过神来，

看着办公桌上肉肉送我的盆栽，我给它浇了浇水了。

12

漂洋过海的与不漂洋过海的

Cheaters

— 77 —

5个月前，11月19号。

有一周都没有法法的音讯了，让我有些不习惯。

自己给自己找了一个犯贱的理由，

时间：下午3点13分。

短信："你今天晚上要不要过来？"－我。

时间：晚上6点02分。

回复："对不起，今天不行。"－法法。

我很没有意料这个答案，很悔恨自己当时犯贱的行为，

我没有回复。

— 78 —

11月23号。

时间：早上11点31分。

短信："你今晚有空吗？"－法法。

我故意等到下午才回复，

回复："没有。"

回复："你生气了？可以不去你家，我有事情和你说。"－法法。

回复："哪里，几点？"

回复："晚上6点半，我去你家楼下接你。"－法法。

回复："好的。"

— 79 —

法法开车接我去了伊甸山，太阳还没有下山。

"说吧，有什么事？"

法法好像有点紧张，

“你紧张什么，我们又不是情侣。”我说。

“我不是紧张，我只是很认真，

你还记得我对你说的我爱你，

当时也许是有点high了，也许我还没有爱上你，

但是我真很喜欢你，虽然你有男朋友。

而我，我其实也有女朋友。”

我很惊讶，不过外表还是纹丝不动，其实，他单不单身对于我来说，应该没什么区别，可为什么我会有不开心的感觉。

“你一直都没有问过我，为什么从法国来到这里，是为了爱。

我的女友是新西兰人，我们在法国认识，在法国相爱，

她今年决定搬回新西兰住，我就为了她，也一起过来了。”

我毫不犹豫地问：“我这么问可能有点五十步笑百步，但是你这么千里迢迢地来，为什么还要在外面偷吃？”

法法有些伤感：“因为她在外面有人，她是一个空姐，经常飞国际，

她在每个港口都沾花惹草。”

“你确定？还是你自己乱猜测？”我有点想安慰他。

“我也是两个月前才发现的，她用我的电脑登录她的脸书，忘记登出了，

她飞走了以后，我地看到了她所有的聊天记录。”

我看着他，这么一个为爱漂洋过海的人，却如此地被人负了，

我莫名地有些心疼，

“可是你现在是什么打算，也不告诉她？”

“我不知道该怎么办。”

“是为了要办绿卡？我可以帮你办啊。”我也不知道自己什么时候变成了乐于助人的人。

“呵呵，谢谢。我自己的事情我能处理，不过今天我想告诉你的是，

当我发现她在外面乱来的时候，然后出去喝得大醉的第一晚就遇到了你，

我就记住了你；

当你告诉我你不想和你男友去美国的时候，我就知道你并不爱他，

因为只有像我那样 stupid in love 的人，才会为了一个人搬去另一个国家。

所以，我想说的是，我需要时间去处理我的感情，你也需要时间去处理你的感情，

等我们都处理好了，你能不能给我一个机会？

虽然我可能还没有爱上你，但是我想爱上你。”

法法目不转睛的看着我，我无处可躲。

短短的时间里，很大的信息量，一时之间，我觉得他说得也算有道理。

“嗯。”

那天我们没有亲吻。

13

城堡

Mi casa, NO es su casa!

—80—

4月5号

时间：下午1点44分。

来电：小白。

她这是要干嘛？不过，我还是接了电话。

“喂。”

“嘿，Ellie，真是不好意思，把你请来我家做客，结果我自己飞走了。”小白的声音依旧很活泼。

“呵呵，没关系的，你是工作嘛，也没办法。”

“所以，你们一定要再来一次，这个周末怎么样？”

“好啊，”我一时没想到令人相信的借口，“不过我要问下Hamish看到时候有没有时间。”

“好啊，好啊，那我等你回信咯，拜。”

“拜拜。”

时间：下午1点45分。

短信：“Candy又请我们去他们家，你想去吗？”－我。

回复：“好啊，哪天？”－肉肉。

天真的肉肉。

—81—

4月6号。

又来到这个放满极致餐具的木制餐桌，

我和肉肉坐一边，小白和法法坐一边，

我和小白面对面，肉肉和法法面对面。

“你都经常飞哪些国家啊？”肉肉问。

“多飞法国，因为我会法语，澳大利亚也常飞，美国也偶尔飞。”

“你到了以后都做些什么？总不能每次都购物吧？”我有意无意地问了一句。

法法抬头看我一眼，没有意料到我会这么问。

小白应该没有意料到我这问题的用意，可能空服都常被问这个问题吧。

“对啊，去多几次就没什么新意了，其实大部分时间都在酒店休息，飞长途很累的。”

她的答案也没什么破绽。

“我听Fabrice说你要去美国哦？”小白看着肉肉。

我知道这个话题会引起怎样的对话，我不想去那儿。

“嗯…”肉肉刚要回答，我就打断了他，“我们不想谈这个话题。”我握着肉肉的手。

当然，气氛顿时就尴尬了，小白不知如何接话，

不过，我宁愿是这份尴尬，也不要是关于去不去美国的尴尬。

知趣的法法插话说：“有人喜欢击剑吗？我业余时间喜欢击剑。”

“是吗？听上去很有意思。”肉肉和法法聊起来。

小白依然看着我，我不知道她的眼神想表达什么。

—82—

饭后，我刻意和法法保持距离，没有去帮着收餐具，

我蹲在走廊尽头，看着那个游满五彩鱼儿的大鱼缸。

“你喜欢鱼吗？”小白走过来，问。

“不是很喜欢，挺没劲的，不是说鱼的记忆力很短？而且养热带鱼很贵的吧。”我很直白。

“我也不喜欢，这些鱼都是Fabrice的，是花了不少钱。”

“也对哦，像你们这么经常飞的，也没时间照顾鱼。”我随便地顺了一句。

“鱼是没时间管，不过男朋友我还是照顾得很好的。”怎么小白今天说话这么别扭。

她接着说：“你看鱼缸底那个城堡，那是我买的，这整个鱼缸里唯一我买的东西，

那象征着家，鱼再怎么在外面游，总会回家的。”

我不知道怎么回答，“的确是个很好看的城堡。”

“说到这鱼啊，Fabrice还喜欢钓鱼，他自己有艘船，还常出海钓鱼。”小白把整个对话的节奏掌握的很好。

我愣了半秒，“他还有船哦？多大艘啊？”我演起来，

小白开始欣然地介绍起船，有点炫耀的语气，但那船，根本就没有她形容的那么大，

我也只能点头夸赞，表示嫉妒。

—83—

我送肉肉回家的路上，

“他们两人都不错啊。”肉肉说。

“恩，还不错。”

“呵呵，你觉得谁比较好啊？”一般都是我问这类的问题，肉肉这么一问，有点出乎我的意料。

“Farbice吧。”我毫不犹豫。

“我就知道你比较喜欢他，你和他说话的语气都不一样。”肉肉笑着说。

这个时候再遮掩反而刻意，“对啊，他就是蛮好的啊。那你觉得呢？”

“嗯，Farbice说话比较实在。”

原来肉肉并没有我想象中的那么木讷。

“嗯，这才是重点。”我点头。

“你说我们是不是应该回请一次？去你家还是我家什么的。”

虽然我很不情愿，但是也想不出一个拒绝的理由，

“恩，去你家吧。”我实在不想让小白踏进我的家。

14

钻石

Diamond

—84—

四个月前，12月1号。

我知道那句法法的‘我爱你’是多么的空，可我始终不能把它移除我的脑海。

时间：早上9点00分。

短信：“我10点来你家楼下接你，如果你脱不了身，也得想办法，亲。”–法法。

我喜欢自信满满的男生。

我穿上衣服，刷牙洗脸，弄着头发。

“你要去哪？”肉肉坐起来问，揉着惺忪的眼睛。

“我去公司拿个东西，很快就回来。”信口拈来的一句。

“哦。”他躺下继续睡了。

—85—

“所以，我们这是要去哪啊？”我坐在副驾驶的位子上问。

“惊喜，你等一下就知道了。”法法自豪的说。

“我们快到咯，”法法递了一条围巾给我，“把眼睛蒙上。”

“哈？”我不是很情愿。

“快点啦，相信我。”他说。

我为难地照做了。

不一会儿车停了，他扶我下车走了差不多一分钟，很漫长的一分钟。

“你可以摘下围巾了。”

我摘下围巾，

“哒哒！”他说，手举在空中。

我站在码头上，看着眼前这一排一排的船，

“这是你的船？”我看着这艘有点旧的双层游艇。

"对啊，今天，我要带你出海！"

"你就不怕我晕船？"

"你晕吗？我有准备晕船药。"他知道我是开玩笑的。

上了船，"她的名字叫Diamond，不要看她有点老了，但是马力十足哦。"

"你给你的船取名叫Diamond？你好gay啊！"我笑话他。

— 86 —

"所以，我们这是要去哪啊？"我坐在副驾驶的位子上问。

"一个安静的地方。"法法小邪恶地说。

天很晴，风很小，所以船也并不颠簸。

开了一个多小时，已经看不到陆地了，四周都是海，亮得有些晃眼。

我明白了法法指的"安静"，这里完全没有手机信号。

终于，第一次，感觉只有我们两个人，

蓝天，碧海和我们。

"那现在要干嘛？"没有手机信号，没有网络，没有书，我有点不知所措。

"我们可以先去游泳，然后我有准备吃的，钓鱼也成的。"

"我什么都没带啊。"

"这一个人都没有，裸泳就好啦。"法法很调皮，我很喜欢。

我不仅水性不好，而且还看了太多动物星球，总幻想鲨鱼的出没，

他笑话我说："第一次看你这么孬哦？"

海水好咸，法法在水里抱着我，

第一次，我变成了那个无助的人，他成为那个"霸气"的人，

很奇妙的感觉。

他亲了我，玩捏着我的脸，

"我们现在是什么？"我煞风景地问他。

"我们想是什么就是什么，至少在这里，至少现在，

你可以是我的女友，情人，爱人，老婆，随便是什么，任何你想要的。"

对于这种感情的俗问题，法法总是能给出很暖人的答案。

我回亲他，水没过我的眼睛。

— 87 —

我用浴巾裹着身体，靠着门框看着法法，

"我今天要亲手做点东西给你吃，"他不挂一丝地站在狭小的厨房里，

"我不是吹牛，我做的菜很好吃的。"今天好像变成了法法的才艺展示日。

"是哦？那我真是迫不及待了。"

仓里放着法语的爵士音乐，旋律不错，法法会时不时地跟着唱两句，

不知道是因为他做饭的神态，还是因为他法语的歌声，还是因为我手里的啤酒，

他好诱人。

我去甲板上把桌椅摆好，他把吃的端上来。

"希望你喜欢，Bon appétit！"

"Bon appétit！"我很迫不及待地想知道他的厨艺。

很简单的海鲜通心粉，不过真的还蛮好吃的。

"恩，还OK。"我说。

"哈哈哈，"他笑了，"你很少夸人的，是不是？"

"恩，我很难搞。"我也回笑了下。

我看着他，我不明白他喜欢我什么，不明白他为什么对我这番好。

— 88 —

回航的路上，

"你知道我为什么叫她Diamond吗？"

我摇摇头。

“因为钻石恒久远啊，Diamonds are forever。”

我继续摇头，“Nothing is forever。”

“你是经历了什么？”

“什么意思？”

“你是经历了什么，让你这么悲观？”

我很惊讶他这么问，“人，总会离开你的。”

“谁离开你了？”

这些问题，这些肉肉从来都没有问个过我的问题。

这些肉肉从来都没问过，我却希望他问的问题。

这些我从来都不会轻易和别人聊的问题。

“我的母亲。”我说。

“什么时候的事？”法法很关切。

“我18岁的时候，圣诞节，我告诉她和我当时的男朋友初夜了。她是基督教徒，她说，我不珍爱自己的灵魂，我下贱，她后悔生了我。”我很平静。

“到现在都还没原谅你？你爸呢？”

“我8岁的时候，他就死了。”

“不好意思。”

“现在我男朋友也要去美国了，人啊，都会离开的。”我又缩回我的蜗牛壳里。

“和我在一起，我永远不会离开你的。”

“那你得改名叫Diamond。”我说了个冷梗，一笑而过。

— 89 —

还没到岸的时候，手机响了，

时间：晚上7点41分。

未接来电：三，肉肉。

短信："你在哪里，怎么还不回来？"－肉肉。

短信："我先回去了，我喂过Knox了。"－肉肉。

关机。

－90－

到我家楼下了，

"记得我今天说的话，我不会离开我爱的人，不然我也不会来新西兰。"法法一本正经。

我亲了他一下，"拜拜。"

上楼，Knox在阳台拉了很大一坨，一定是肉肉给他喂的太多了。

开机。

时间：晚上8点28分。

回复肉肉："我手机一整天都没电，刚到家，我一整天都在想美国的事情。"

15

将军

Blackmail

—91—

4月13号。

我带着Knox去公寓后面的公园散步,

我坐在长椅上抽烟,

迎面走来法法和小白,带着Astro。

“嗨!”法法说。

“嗨。”我。

“你经常来这遛狗吗?”法法明知故问。

“对啊,我就在这认识Candy的啊。”

“对对对。”Candy点头。

Knox和Astro不知道看到了什么,朝远处狂奔。

“Knox!”我大喊,

“没事,我去把他们拉回来。”法法跟着跑了过去。

小白坐下,坐在我的右边,

“今天天气真不错啊。”我没话找话说。

“你说这人为什么会出轨?”小白看着法法的背影。

“泛指吗?”我觉得有点突然,这个问题她自己心里应该就有一份答案,

“应该就是另一半有什么不能给你的,你就去别人那里去获得吧。”我说。

“那有什么是我不能给Fabrice的,而你可以的?”她依然直视着前方。

我转头看了他一眼,我慌了,我从来不慌的,

“你说什么呢?”

“你和Fabrice的事情我都知道了。”

“你误会了吧?!”在不知道她知道多少的情况下,我只能全部否认。

“他手机里存了一张照片,你在睡觉的照片,应该是趁你睡着的时候偷拍的吧,

这个白痴,竟然会把这种证据留在自己的手机里。

我第一次在这个公园遇到你的时候，并没有认出你就是照片里的人，
在Fabrice生日的时候，我才认出来。”
我一片空白，她接着说，
“后来请你来我们家，是我想认识认识你，看看你到底是怎样一个人，
你到底有什么东西是我没有的。”
原来这场戏不只是我和法法在演，小白才是最佳女主角。
“所以，你有发现什么？”
“我没发现什么，没觉得你哪比我好，”
她转过头来严肃地对我说，“我不知道，你是什么打算，
不过就像我那天和你说的，他再怎么在外面玩，总是会回家的，你只是一个玩具。”
“也许不是因为我能给他什么，”我回敬，“也许是因为你不能给他什么。”
“你指什么？”
“你为什么会出轨？”没等她回答，
“你在外面的事情，Fabrice也都知道了，你伤他在先，他为了你漂洋过海地过来，你也忍心？”
倒吸一口气的小白并没有回答我的问题，
“我在外面再怎么玩总是会回家的，因为感情都在家里，Fabrice也一样，
你以后就不要再见他了，虽然大家都摊牌了，你应该也不想让Hamish知道吧！”
对视，我无话可说。
法法气喘吁吁地跑回来，“聊什么呢？”
我还是有点蒙，
小白早有准备地说，“Ellie终于想通了，决定和Hamish去美国了，好为他们开心哦。”
法法一脸吃惊，还强硬地演着，“什么时候决定的？真是祝福你们。”
我好心痛地看着小白看着法法演戏，

我被将军了，我动弹不得。

“今天才做的决定，很难的决定。”我看着法法，面无表情。

没等法法反应，小白说，“我们还有事，就先走了哦，真是为你开心！”小白抱了我一下。

看着他们的背影，我无法思考。

—92—

4月13号。

时间：晚上9点24分。

短信：“你什么时候决定去美国的？”–法法。

我没有回，我还是无法思考。

16

离开我

Leave me

—93—

4月14号。

时间：凌晨1点41分。

未接来电：二，法法。

躺在浴缸里，看着浮动的蒸汽，

该怎么做？

难道我真的要和肉肉去美国，一走了之？

怎么可能，为了一个威胁？

我，没有那么软弱，被人推攘着。

可是，原本的计划，是准备和肉肉渐渐的淡了，

就放他去美国，

虽然都是分手，可是，伤害是不一样的吧。

难道我只是为了我自己，

当了婊子还要立牌坊？

这个婊子要不要趟这个浑水？

我为什么要回去找法法？

为了爱吗？

是爱吗？

还是我其实就是一个小三，

我是那个在搞破坏的人，我是祸水。

难道就这么让小白赢了？

好不甘心！

可是，这又不是一场比赛，多么幼稚的想法。

法法呢？

他到底是怎么样想，我就只是个玩具吗？

有点乱。

静。

冷静。

重点是什么?

小白的感受，我不在乎;

肉肉，终究是要分手的，终究是要难过的，他也应该知道真相;

法法，无论我爱不爱他，我明显要他多过于肉肉，而法法爱不爱我，这是我不能控制的事情。

那，

就这么决定了。

—94—

4月14号。

也许是我没心没肺，睡到早上自然醒。

时间早上:10点11分。

短信:“Ham，你今天随便什么时间，过来一趟，我有话和你说。”-我。

回复:“听上去很严重哦，我中午过来吧。”-肉肉。

下午1点多，肉肉来了，“嗨。”他走进来，

看着他可爱的酒窝，我几乎开不了口，

“我要告诉你一件事，请你不要打断我，让我一口气说完。”

“好。”他坐下。

“当你告诉我你要去美国之后，我刚开始很气愤，

我觉得这么大一件事情，你都没和商量过，说去就执意要去。

当然我也明白，这是你的梦想，这是你在认识我之前就有的梦想，

而我自己就是一个追梦的人，我是绝对不会站在你和你的梦想之间。

可是我，我有我的生活，我爱我的生活，这是我在认识你之前就有的生活，

可能是我不够爱你，可能是我更爱我的生活，我不想为了你而离开。

其实这也没什么，我们也就是没有缘分，就算分手了，也就是无奈吧。

可是，在我做了这个决定以后，我却没有告诉你，这才是我的错。

在我已经离开了这份感情的时候，我却没有告诉你我已经离开，

我没勇气，没有告诉你，只是在等你离开我。

我不仅离开了，我还认识了一个人。”

不知道为什么，我的眼睛有些湿润。

“我认识他已经有半年了。”

“你为什么已经选择了，现在才告诉我？”他有语气中有压不住的愤怒，

“因为，”我都不知道要从何说起，

“因为他的女朋友发现了他和我的关系，

与其让你从别人的嘴里听到我出轨了，不如从而这里听到。”

“你和这个人，哼，你们两谁算是谁的第三者？”气愤中带着对我的藐视。

“对不起。”这是实话，除了这句话，我也不知道我可以说什么。

肉肉站起来，“我一直都知道你是不会去美国的，我一直都知道我们会分手的，

不过，出轨这事，你是真TMD混蛋。”他挥起一拳打在我身后的墙上。

他的手应该很痛吧，我的心很痛。

肉肉亲了一下我通红的脸，“我希望你待他比待我好些。”，

他走了，

就这样，我再也没有见过他。

那个曾经带给我温暖和善良的人，终究离开了我。

17

选我

Choose me

—95—

4月15号。

时间：早上9点54分。

短信："今天有空吗？晚上7点在伊甸山等我。"－我。

回复："好吧。"－法法。

—96—

夏令时结束以后，天早早的就黑了，

我望着远处奥克兰的夜景，等着法法。

副驾的车门打开，法法坐进来，

"是要和我道别吗？"他还蒙在鼓里，

"我不去美国。"

"那你那天怎么说…"

"Fabrice，我不去美国，我从来都没打算要去美国，你一直都是知道的。

我一直在等Hamish离开我，而我却早就离开了他。

其实我早就该告诉他了，我昨天也终于告诉他了。"

"你们，你们分手了？"他难以置信。

"是的，我们分手了。"说这句的时候，我反倒有些如释重负。

"为什么？为什么突然决定和他分手？"

"没有为什么，原因已经不重要了。"

"那为什么Candy说你要去美国？"

"她听错了吧。"

"可是…"他很疑惑。

"那都不重要了，重要的是，

你还记得你说的吗?

你说，我需要时间来处理我的感情，你需要时间处理你的感情。”

“记得。”果然他是个记得自己承诺的人。

“我已经完成了我的部分，我不是给你压力，你想要用多少时间就用多少时间。”

“我懂。”他握住我的手。

我不想告诉法法关于小白的事情，我不想让小白对我的埋伏成为他和小白分手的原因，

我要他自己意识到他的那份感情已经过期，我要他自己结束那份感情，

我知道他会结束他的那份感情。

— 97 —

我已经完成了我的决定，剩下的，不在我的掌握之中了。

我，很不习惯这种没有掌控权的感受。

我，等。

— 98 —

4月21号。

时间：下午2点01分。

短信：“你今天有空吗，Candy飞法国了。”－法法。

回复：“在你处理完你的感情之前，我们还是不要见面了。”－我。

我不想让法法习惯了这样偷情的生活，

也许习惯了这样的生活，他真的就不会离开小白了。

也许我只是想逼他尽快地做出决定。

—99—

4月30号。

我已经单身两个礼拜了，

我已经两周没有见过肉肉，

没有见过法法，

没有见过小白了。

时间：下午4点39分。

短信："今天有空吗？ 下班以后在你家楼下等你。"–法法。

回复："好。"–我。

我告诉自己不要满怀希望，可还是忍不住满怀希望。

下班，回到我家楼下，法法已经在等我。

"我不知道我还爱不爱她，"他开门见山，"可是我知道我起码爱过她，

我们有3年的感情，我为了她漂洋过海地来到这里，我不能说断就断了这份感情。"

我赶紧把心里满怀的希望打散，

"Candy把他在外面的事情都和我坦白了，她说那都只是性，她从未动情，她从未停止爱过我。"

我不知道说什么，这些在我看来愚蠢的话语。

"我知道这听上去很愚蠢，可是她保证她不会再犯了，我还需要时间考虑。"

我本来满怀信心，我以为对法法来说，这是一个轻而易举的决定。

我错了。

"我以为这对于你来说是个很容易的决定。"我淡淡地说。

"结束一段3年的感情怎么会是容易的决定，结束任何一段感情都不应该是一件容易的决定，

如果谁能很容易地介绍一段自己的感情，这样的人也不值得你和他在一起。"

他是在说我太轻易结束了我和肉肉的感情?

是因为这个原因太才犹豫不选我吗?

“而且你从来都没对我说过你爱我，你凭什么要我为了你而离开Candy。”法法有点恼。

我还是无言以对，他说的都对，我真的错了。

“我错了，你说的都是对的，她才是你的女朋友，我什么都不是。”我起身离开。

“Ellie! ”他叫我，我没有回头。

“你就知道逃避，你的一生都再逃避，根本不是别人离开你，是你一直都在离开别人。”

他大喊，很刺耳!

那一刻，我恨他。

— 100 —

也许他真的很了解我，也许真的是我一直在离开别人。

每当我发现别人可能会离开我的时候，我就置他于千里之外，这是我的问题。

一个真正了解我的人爱我的人，也许我不该离开他，

我不离开他，他才有可能会留下来。

— 101 —

5月4号。

时间：早上10点00分。

我打电话给法法，“你在哪? ”

“我在去击剑的路上。”

“一个人吗? ”

"一个人啊。"

"15分钟后，在那见。"

"哦。"

我有点慌，一直在脑海里过要对他说什么，

好像是毕业演讲，

好像是在法院为自己说最后一段辩词。

我到的时候，他已经换上了全白的击剑服，

"Fabrice，"我有点气喘，

"Ellie…"

"嘘，听我说，"我把食指放在他的嘴唇上，

"你错了，这一次我不会离开，我不离开。

虽然这样有些丢人，好像我在求你，你也知道我从来都不求人的。

你的选择其实很简单，她还是我？

我想她一定很好，不然你当初也不会为了她千里迢迢来到这里。

可是，Fabrice，我是爱你的，真的是爱你。

在你说要做我的Diamond的时候，我就爱上了你，

我不知道我为什么从来都没对你说过我爱你，

不，我知道为什么，因为怕爱上你，因为我怕失去你。

所以，请你选，我，

爱，我，

不要离开我。

就这样。"

他看着我，没有说话。

"我明天早上10点会去Diamond那里等你，你有24个小时，如果你决定选我，

我会等你。"

他还是没有说话，

我背对着他顺着走廊走向出口的时候，多么希望他会叫住我。

他没有说话。

—102—

5月5号。

我早上去了码头，法法的船位是空的，不见Diamond。

时间：早上10点00分。

短信：零。

我决定坐在码头等他。

—103—

天黑了，Diamond还是没有回来。

我回家，没有流一滴眼泪。

18

如果不是爱

It's love

— 104 —

我的这些墙，我筑起的这一面一面的心墙，

想挡住别人走进我的生活，可是总有那么一两个，他们还是走了进来。

这些墙，他们没有挡住别人，他们却困住了我。

曾经走进来的人又离开了，把我一个人丢在墙的那一边。

爱情就是这样吧，

机率很低的东西。

如果法法没有认识小白，他就不会来到新西兰，

如果七七那天生日我没有去酒吧，我就不会遇见法法。

他要你的时候，你要他的时候，

却是在没有交集的时候。

— 105 —

5月11号。

和七七在Mojo。

“你不要这么看着我。”我对七七说。

“怎么看着你？”

“就觉得我可怜似的，同情的看着我。”

“亲爱的，你就是很可怜啊。”

“我没事。”我是挺难过的其实，不过也没七七想的那么难过。

“怎么能没事，一周之内失去两个爱你的人。”

我瞪她一眼，这么直白的被她说出来，我好像真的很可怜。

“他说如果我离开Hamish，他就会离开Candy；

他说和他在一起，他永远不会离开我。”就连重复法法的承诺的时候，我都觉

得自己很愚蠢。

“永远？唯一能信守这样承诺的只有上帝，可惜他不能谈恋爱。”

七七的话让我觉得自己更加愚蠢。

“你爱他吗？你爱过他吗？”

“我不知道。”

我爱过他，我爱他，但是我不想在七七面前表现的更加愚蠢。

“如果你们是在演一部大众电影的话，他是一定不会和你在一起的，

大众电影的结尾都要道德伦理，小三都赢不了的。”

这就是七七是我闺蜜的原因，直话直说，顺着理说，从不顺着我说。

— 106 —

长大，有几个人真的能够做到。

没有父母的制约，我们自己给自己定规则，再自己给自己找借口打破这些规则。

不开心的时候，我们发火，我们冷战，我们挥袖而去，

我们骗人，来隐藏我们的秘密，

我们失去了什么，就希望从别的地方得到安慰。

我们满怀希望，

即使所有的逻辑，所有的经验都告诉我们没有可能。

我们，还是满怀希望，像个孩子一样。

— 107 —

5月19号。

我已经单身四个礼拜了，

又两周没有见过法法了，

还是偶尔会想起他，

不，

天天都会想起他，

不过，

我开始有点习惯单身生活了，

好几个夜晚都是孤身一人。

下午，我在阳台上写作，

门铃响了，

“喂？”

“是我，Fabrice。”

他来干嘛。“哦。”我开公寓的大门让他上来。

许久，他敲门，

“什么事？”我开门。

“怎么？不请我进去吗？”他微笑着说。

我转身，他跟着走进来。

“对不起，那天我没去码头见你，不过理论上说，你也没去Diamond那等我。”

法法还是试图把气氛弄的轻松些。

“所以，我们两个都失约了，不是吗？

因为我需要更多的时间，我当时也不知道要怎么做。”

“所以你是来要更多的时间的吗？我是不会给你的。”

“我离开Candy了，”

他抬起头看着我，他看着我，

“我 选 你。”

他选了我，他选了我，这么多天没有讯息之后，他选择了我，是时候说获奖感言了吗?

不。

“我要问你一个问题，对于你来说，我是什么? 是不是为了要让Candy难过?

我当然要你，但是，我不想成为你和她之间战争的武器。”

“你是你，你不是我的什么，”

他的双手握着我的双臂，

“你不是我的一夜情，你不是我的意乱情迷，

你不是我的武器，你不是我的复仇，

你是在我迷失的时候，带给我温暖的人。

我爱过Candy，那份爱把我带来了这里，

可是Candy背叛了我，那份背叛把我带来了你这里，

而你，你让我爱上了你。”

法法的回答，又一次的，让人满意。

“我还要问一个问题，”

“呵呵，还有? ”他笑了。

“你离开了Candy，是因为她的背叛，

可是我也背叛了Hamish，你…”我还没有说完。

他托着我的脸，“Candy她在她爱我的时候，依然背叛了我。

你可能没有勇气承认这件事，但是我知道你背叛Hamish的时候，你已经不爱他了，

其实在我看来，你从来就没有爱过他。

我相信，我相信你在爱一个人的时候，是不会背叛他的，

我相信你是爱我的，我相信你。”

他相信我，他爱我，我还能再说什么。

“还有问题吗? ”他笑着问我。

“我也爱你。”。

他给我拥抱。

“I fucking missed you。”他把我抱到沙发上。

还好，我们演的是小众电影。

－108－

5月20号。

早上起来，转过身，看见法法的背，

还是那个缠绕着带刺的玫瑰的十字架。

“早安，男朋友。”我从背后抱着他。

“早。”

我亲了下他的肩头，

“你知道今天是什么日子吗？”他吻我。

“表白日吗？”

“什么？”

“中国现在流行称5月20号为表白日，因为520的谐音是我爱你。”

“呵呵，”他笑了，“你们中国人鬼把戏真多。”

“那是什么日子？”

“今天是我来新西兰一周年。”

“是哦？”我看着他腰间的‘ENJOY’，这个让我着迷的纹身。

19

我的法法

Mine

— 109 —

5月25号。

早上醒来，窗外下来一个晚上的雨终于停了。

翻身，一个人躺着。

床头柜上堆了一堆杂物，还是没有时钟，墙上也没有。

我伸手把地上的牛仔裤拽过来，掏出口袋里的手机。

时间：早上9点12分。

短信：零。

我穿上内裤和牛仔裤，走在叽叽作响的木地板上。

Astro跑了进来。

我笑了，

“早安！”

“汪！”

我拍拍它的头。

Knox也跟着跑进来，

我也拍拍它的头。

法法也跟着走进来，

“早啊，亲爱的。”

他穿着一条灰色的棉质的运动裤，白色的Tee，倚着卧室的门框，看着我。

“你还是有打鼾，不过开始习惯了。”

“我都跟你说了把我推醒就好啦。”他有点不好意思。

“再给我几个月，我会的。”我笑着说。

“我做好早餐了，你快去洗洗，就到甲板上来吃吧。”

“好啊。”

还没刷牙的我，只是轻轻地吻了一下他的嘴唇，

在我退后之前，他捧住我的脸狠狠地亲了一下。

—110—

5月的奥克兰，有点冷了，今天风也不小，

我一如既往地不知道我们在哪，周围都是海，什么都没有。

“你的橙汁和牛奶。”

“谢谢。”

“Bon appétit!”

“Bon appetite，love。”

我切下培根上的两块肥肉，丢给Knox和Astro。

“你房间里需要一个时钟。”

“为什么?”

“房间里面有个钟又不是什么坏事。”

“那你给我买一个呗。”

“不行，”我笑着，“在中国是不能给别人送钟的。”

“呵呵，那就买个表！我钉墙上。”

我就是喜欢法法的幽默感。

—111—

午后，就连法法也觉得海水太冷了，没有去游泳。

我们在甲板上钓鱼，

或者应该说，法法在甲板上钓鱼，我只是架了根鱼竿，在笔记本上给出版社写稿子。

“你写什么呢？”

“写女生该如何处理分手。”

“你现在写这个应该很深有体会吧？”

“对啊，男人都是一群混蛋，哈哈哈哈。”我自己说着都笑了。

“越混越招人爱是吧？”

法法知道我是开玩笑的，对于我来说，他不是一个混蛋，起码，现在还不是一个。

“不要吵我，我在写作。”我斜他一眼。

有些人很承受不了安静，觉得这种安静是一种尴尬，

而我很享受这种安静，这是一种默契，一种舒适。

“上钩了！”法法打破了接近一个小时的安静。

法法兴奋地收着鱼线，

“汪！”Astro知道在发生什么，

第一次上船的Knox一脸呆萌。

“晚饭有着落了。”法法很自豪，

他抓到一条红鱼，不错的大小。

“你说你要做点什么贡献呢？”

他看着我坏笑。

-112-

回航的路上，

“你知道吗？我得知你要去‘美国’以后，我都在想什么吗？”

“Ellie真的要去要去美国了，我要孤老终身了？”我逗他。

“我一直在想我最后一次亲你是什么时候？

因为人从来都不会想这一次会不会是最后一次，

因为你确信还会有下一次。”

每当他这样甜蜜的时候，我总是忍不住要说些乱七八糟的破坏气氛。

“你知道你没来码头见我以后，我都在想什么吗？”

“什么？”

“我都在想，这个混蛋！

我不想理他，他非要走进我的世界，

走进来了之后，才告诉我他有女朋友，然后又让我爱上他，

爱上他之后，他又选了他女朋友，不要我。真是个混蛋！”

我一口气说得很顺。

“哈哈哈，好嘛，我对不起你。”

—113—

晚上，我开车送法法回家，Knox和Astro坐在后座。

20，Summer Street，又来到这个房子。

“你要不要进来？”

“不用了。”我看着他，“还是等Candy搬走吧。”

“恩，好吧。”法法其实也觉得有些尴尬。

“不过你也没什么好担心的。”他补了一句。

“我不是不相信你，我是不相信她。”

法法没有说话。

我不想在法法面前把小白说的有很糟，毕竟他们是有历史的，

我把小白说的越糟，法法就越会想帮小白说两句好话，

可是法法又知道不应该在我面前帮小白说话，就只能心里同情小白，

而这种同情是危险的。

我没那么愚蠢，我不会把事情弄的危险，

我没再说小白的不是。

我说："反正你现在是我的了，住哪都一样。"

法法笑了笑，亲了我一下，便准备下车，

我拉住他，"要好好亲，好像每次都是最后一次一样。"

他微笑，好好地亲了我一下。

下车后，

"Call me！"他回头对我说。

"知道了！拜，Astro！"

我开车离开。

20

夜深人近

To be close to

-114-

5月28号。

时间：早上10点09分。

短信："早安，宝贝。"-法法。

回复："她搬出去了没？"-我。

这几天以来，我每天第一条回复法法的信息都是"她搬出去了没？"，

以幽默感为出发点发的。

回复："还没，应该快了，她已经找到新住处了，昨晚已经开始打包了。"-法法。

回复："表扬。"-我。

回复："你说你要不要搬过来和我住？"-法法。

我预感这个问题很久了，他终于问了。

回复："我可以'部分'搬过来。"-我。

回复："什么叫'部分'搬过来？就下半身搬过来吗？"-法法。

回复："呵呵，就是，我的公寓我还留着，我搬一些东西过来。"-我。

我觉得这样的进展有点快，还是不要完全搬过去的好。

回复："行吧，晚上见了再说吧。"-法法。

-115-

晚上，都在抽事后烟，

"我给你买了双拖鞋，在我包里。"法法靠着阳台说，

"哦？"其实我已经知道了他的用意。

"你就不用再穿Hamish给你买的那双了。"他斜了一眼我脚上的拖鞋。

"啊，呵呵，有这么碍眼吗？"

他笑笑没说话。

我接着说："我这个iPhone 4s也是Hamish买的，要不你给我换个iPhone 5吧？"。

"还有什么？一口气都说了吧。"

抽完最后一口，我说："Candy定了哪天搬走？"

"就这个周末。"

我本来想告诉他，要把家里好好收拾一下，以前挂的那些他和小白的照片，应该都拿下来，

不过，他给我买了拖鞋，我想，这方面的事情他应该把握的很好吧。

"那我周日晚上会带个行李箱过来。"

"真的？"他没想到我会这么快就搬过去，"好啊！"

他走过来给我一个拥抱，"把Knox也带上吧。"

"成。"

—116—

6月2号。

我打好了包，坐在沙发上等他的短信，

时间：晚上7点56分。

来电：法法。

"喂？"

"有点状况。"法法有点吞吐。

"怎么了？"我想知道小白还能闹什么把戏。

"Candy她要搬去的地方，还没有床，她的东西都已经搬走了，但是她想在客房再睡一晚。"

我知道，这种事情，法法又不能说不，他这么善良的人，我就是爱他的善良。

"好吧，我都打好了包了，还得再打开。"还是冷不住地抱怨一下。

"那你就过来嘛，反正她也是睡客房。"

"算了吧，也不急这一天，去了大家都尴尬。"我不想看到小白。

"那对不起了亲爱的，你明天过来？"

"成。"

挂了电话。

"Knox，"我拍拍Knox说，"你今天见不到Astro咯，白激动了一天，是不是？"

－117－

6月3号。

20，Summer Street，又来到这个房子，

这个曾经让我好奇，让我难过，让我怨恨的房子，

如今，成为了让我开心的房子。

"汪！"还没敲门Astro就叫了，Knox比我还要激动，

法法从楼上跑下来，开门，

"嗨！欢迎来到你的家！"

他亲我，

我好久没有这么开心了，好像终于一切都在对的位置。

好像一个电影的结局，美好的结局，

就这样定格。

感觉这一吻，吻了很久，很久。

－118－

走过走廊，过往那墙上一张张合影都不在了，只留了一两张法法自己的，

照片里的他笑得依然很开心。

Chapter 二十 夜深人近 To be close to 20

果然有很多装饰是小白的，她搬走了以后，这个家空了许多。

没关系，这些空档，我用Knox把它们都填起来。

走了一圈，没有看到任何小白的踪迹，

果然法法把和小白有关的东西都丢掉了，

或许只是收起来了，

不，丢掉了，我自欺欺人地对自己说，是都丢掉了。

我下楼奖励法法一个吻，

“怎么了？”他问。

“谢谢你。”

“谢什么？”

其实是想谢谢他把小白无影无踪了，“谢谢你让我搬进来。”

“Silly中文怎么说？”

“傻－瓜－。”

“傻瓜！”

他说我傻瓜，这有什么好谢的。

让我想起来了温岚的［傻瓜］，

“傻瓜，我们都一样，被爱情伤了又伤，

相信这个他不一样，却又再一次受伤。“

我相信这个他不一样，我相信不会再一次受伤。

“给你。”他递给我一把钥匙，

我接过来，

不知道说什么，

只是傻笑，

第一次，我在法法面前有点害羞。

—119—

6月4号。

难得早上我比法法醒的早，

我放狗们去后院上厕所，

裹着法法的浴袍，浴袍上都是他的味道。

6月的奥克兰开始冷了，我站在院子里抽着烟，有点打颤，

“快点啦。”我对狗们说。

回到室内后，

“把咖啡机开上。”楼上传来法法的声音，

“我不是Candy。”我喊回去一句，逗他。

“哦，对不起，”他停了一下，“你帮我把咖啡机开上，好吗？”

我乐了，把咖啡机开了。

他还在楼上洗漱，

我热了杯牛奶，倚着冰箱，喝着牛奶，望着走廊。

目光落在了走廊尽头的那个很大的鱼缸，那个有很多五彩的鱼的鱼缸。

鱼缸的底部还是那座城堡，那座Mi casa, NO es su casa的城堡。

我从厨房的抽屉里找了个夹钳，

把那个城堡夹了出来。

我把它丢去了后院的垃圾筒里，

还特意揉了几张报纸，放在上面，盖着。

回到厨房，法法已经在倒他的咖啡，

“在外面干嘛呢？”他问，

“抽烟呢。”

“你说咱俩谁先得肺癌？”

我用中文说，“傻瓜。”

临上班前，我亲他，“晚上见。”

“Love you。”他满嘴塞满了面包说，

“Love you，too。”

这对于我来说很新颖，出门的时候，不再是离开一个空空的房子，回家的时候也不再是回到一个空空的房子。

我开始学会享受这个感觉。

—120—

晚上，

下班回家，

掏出新拿到的钥匙，

开门，

狗们向我跑来，争先恐后地和我抱抱。

“嗨，我在厨房。”法法已经在做饭了。

“嗨。”我从背后抱他，亲了他的右脸颊。

“我刚刚喂鱼的时候才发现的，我的城堡没了，没想到Candy连这个都没忘记拿走。”

他有点抱怨，我知道，他很爱他的鱼。

“恩，我今天早上就看到了，所以我给你买了个新的。”我笑着对他说，

“真的吗？”

我从包里面拿出一个模型船，

“我没给你买一个新的城堡，毕竟我比Candy有品味些，呵呵，”我俏皮地说，

法法也被我逗笑了，

“我给你买了一艘船，代表Diamond。”

“好贴心。”

看着法法把那个模型船放入浴缸底，

我觉得，

这才，我好像真的搬进来了。

— 121 —

说到底，

夜深人静的时候，

无论我们曾经被如何的伤害，

我们都不想一个人，我们都想有人陪伴，人，是群居动物。

所谓什么冷酷，什么保持距离，什么假装不在意对方，都是扯淡。

所以，我们选一个人，靠近一个人，走进他的生活，让我们在夜深人静的时候，

不再那么安静，

一旦我们认定了这个人，我们就粘住他，虽然嘴硬的不承认。

有的时候，粘的太近可能会有副作用，

有的时候，没有个人空间正是你所需要的。

21

特别的

Something new

—122—

6月14号。

我坐在客厅的地板上给Knox梳毛，

哈士其的毛，几天不梳就到处都是。

法法在厨房做晚饭，“下周六有个泳装趴，你想不想去？”

“是哦？”一起去泳装趴，真是对彼此信任的测试，

“好啊。”我说，那就测试测试吧。

“你要不要帮我选一条泳裤？”他腹黑地看着我，

“你穿什么颜色最难看？”他那么正，穿什么颜色都没差，

“你不想把我打扮很正，然后拿出去炫耀吗？呵呵。”他继续不正经。

“那我等下去你衣柜看看。”

“你呢？你穿什么？”他把做好的咖喱炒饭端了过来，

Knox抬头闻盘子里食物的味道，我用手指弹他的鼻子，他便乖乖地坐下。

“我就一件比基尼，黑色的。”

“哦。”他放下盘子，亲了我一下。

“辛苦了。”我说。

“你穿白色最好看，我给你买一件吧。”

“随便啊。”其实我并不是很在意穿什么，

我在意的是信任。

—123—

6月22号。

“你要喝什么？”我站在厨房，

“现在就喝？这才10点没到呢。”法法在客厅看电视。

“先喝两杯啊，微茫以后，就不用在夜店喝很多了，省钱！”

“你向来都这样吗？”

“对啊，或者就让别人给我买，你忘了我们是怎么认识的啦？”我逗他，其实我哪会那么抠门。

“哈哈哈，对哦。”

“你这有，”我在他的橱里找酒，“可以弄，龙舌兰加冰，或者伏特加加可乐。”

“你看着办吧。”

我把调好的酒端给他，“干杯！”，

“干杯！”

他喝了一大口，“哦，对了。”他跑上楼，

很快又跑下来，“这是我给你买的泳衣，今晚的战袍！”，他递给我一条白色的泳衣，

“哈哈，成！”，我当着他面就换上了，有点小。

“恩~不错。”他笑嘻嘻地继续喝酒。

— 124 —

酒吧的门口为了派对特意安排了一个更衣室，

来趴的人都去更衣室换了衣服，不，脱了衣服，

只剩下泳衣和鞋子。

泳装趴是个很神奇的东西，

一群人穿着泳衣却不在泳池，

顿时，就有一股赤裸的感觉，

但是很快，这个赤裸的感觉就消失了，

变成一股兴奋的感觉。

仔细想想，去夜店的时候，

有多少次，我们看着那些着装鲜艳的肉体，在灯光下舞动，

我们有多么希望那些肉体都只穿了一条泳裤一件比基尼，或是更少。

夜店，本来就是个“交易市场”，

夜店里的泳裤趴，只是更诚实的“交易市场”。

可是，我和法法，我们在这里做什么？

我们在这个‘交易场所’又不交易，

还是，要交易？

换好衣服，和法法一起走进舞池，

和任何酒吧一样，打量的眼光投射过来，

这一瞬间，就是那个赤裸的瞬间，

但当我在看到那些打量的人们也和你一样赤裸的时候，

那个赤裸的瞬间就变成了兴奋的瞬间，

灯光，酒精加上震耳的音乐，这个兴奋的瞬间变成了兴奋的三小时。

“嗨！”一个人拍我的肩膀，

我回头，“哦，嗨！”是Marc，“好久不见！”，我礼貌地拥抱他，

“你男朋友哦？”Marc示意在不远处等我的法法，

“是啊。”我没有表现出内心的自豪，

“换人了啊。”他打量着法法，

“你呢？还是一个人？”

“对啊，没人要，可能是我太难搞了。”

“呵呵，你啊，你的问题就是太好搞了！”我损他一句，

“才没有吧！”他蹭了一下我的肩膀。

法法走过来，“Hello。”

“哦，嗨，我是Marc，Ellie的朋友。”还没等我介绍，Marc就自荐了，

“嗨，我是Fabrice，Ellie的男朋友。”他们握手。

“我知道，Ellie刚刚告诉我了。”他眼角又看到认识的人，“很高兴认识你，我要和我朋友去打个招呼。”

Marc礼貌地和我拥抱再见，在我耳边说，“Call me anytime。”

“See you around。”我说。

Marc走了，法法问我，“你们怎么认识的？”，

“我们怎么认识的？”我看着法法，翘了翘我的眉毛。

“嗯，那我怎么就得到您老人垂青了呢？”

“因为你功夫好！”

傻笑后，我们拥吻。

— 125 —

在舞池跳得大汗淋漓，

“渴不？要我给你买杯酒吗？”我问法法，

“好啊，算你还我当初的人情。”

吧台很多人，

我掏出放在泳衣里，沾了汗水的信用卡，点了两瓶Heineken。

“嗨，你好。”有人和法法搭讪，挺漂亮的，

“嗨，你好。”法法礼貌地回应。

“我可以为你买瓶酒吗？”白目甲非常主动，

“哦，谢谢，不过女朋友刚给我买一瓶。”法法把我搂过来，

我皮笑肉暗爽地看这白目甲，

“不好意思，不要意思，不知道你们是一对，”她把我从上到下打量了一遍，“不过，”

她继续，“如果你们想一起玩，我也OK。”她眨了一下右眼。

没等我反应，“今晚不行。”，法法说。

"那你们好好玩。"白目甲礼貌地走了。

之后，整晚，法法都牵着我的手。

看来他纯粹只是想来high一high，没有想交易。

— 126 —

打车回家，

打开房门。

他把我抱上楼，

Knox和Astro就跟着上了楼，不过被我拒在卧室门外。

当我们负距离的时候，

我体内能感受到他的温暖，

那慢镜头的温暖，

美好的温暖。

他大声地喘息，"Oh，I fucking love you。"

"Me too。"

— 127 —

事后，

法法很快就睡着了，打着鼾。

我看着天花板发呆。

墙纸上的图案开始翩翩起舞，

好神奇，

好像是爱丽丝在梦游仙境，

过了很久我才睡着。

22

求纹

Will you get a tattoo with me?

—128—

没有人会觉得他们这一生会很平庸，

我们每个人曾经几时都觉得，我们会有大成就的，起码会是幸福的。

满怀期望是人生的开始，意料之外的才是人生。

—129—

6月30号。

奥克兰的冬天，平均每两天就会下一次雨。

我带法法去Mojo，

到的时候七七已经在等我们。

“嗨！”七七热情地站起来，给了我和法法一人一个拥抱，

“久仰大名啊，我是Elle。”

“Elle是我最要好的朋友。”我坐下，

“Ellie也常常提起你。”法法也礼貌地回了Elle一句。

“怎么样？住一起有什么感觉？谁是做家务的，谁是懒虫？”七七很八卦，

“你说吧。”我也想听听法法有什么感想。

“一般都是我做饭，因为我做饭比较好吃，嘻嘻；

和狗有关的事情都是Ellie弄，其他家务大家都有在做吧。”法法说的很属实，

我补充，“恩，没什么特别让人不能容忍的事儿。”

“真为你开心，好久没看你这么开心了。”七七很由衷。

“哦，”我转头对法法说，“七七什么都知道，我什么都和她说，从我们怎么认识的，到Candy的事情。”

“呵呵，我那一个月是不是被骂得很惨？”

“那也算你应得的嘛。”七七实话实说，

“我知道。”法法耸耸肩。

“不过，重要的是，我们现在都喜欢你啦！哈哈。”七七说。

“Hamish过得怎么样？”我问七七，

“不知道，我在电梯里碰到他几次，你也知道他这个人，没怎么说你们分手的事，就是说了他很期待9月去美国的事。”

“恩。”我没在多问。

半个小时以后，七七匆匆忙忙地要走了，要去参加一个婚礼，这个雨天的婚礼，真为那对新人扫兴。

—130—

“我很喜欢参加婚礼，新娘的礼服，鲜花，他们的誓言，反正我就很喜欢婚礼。”法法坐在副驾。

“恩，是的。”我开着车，敷衍了一句。

“你有想过你的婚礼是什么样子吗？”法法看着我，好像是小孩子在等家长念童话故事的眼神。

“恩，想过，”我讽刺地说，“10岁的时候想过，以为我会做一个家庭主妇，生一堆小孩。”

“哦，”他意识到了我讽刺的语气，“现在呢，你就不想有一天可以结婚吗？和我。”

“我不相信婚姻。”我斩钉截铁。

“为什么？”他很疑惑。

“大部分人最后不都还是离婚，即使不离的有多少人是开心的？

这个体系，这个传统，传承了几千年了，开始有点过时了。

任何体系都不可能一刀切，不可能所有人都适合，

对有些人适用，对有些人不适用，

对越来越多人不适用的时候，就过时了。”雨下得更大了，我把雨刷调高了一个档。

法法看着我，“你怎么就知道这个对你不适用？

我知道你是一个很理性的人，你都是只看事实，不管感受。

也许事实的确是越来越多的人离婚，

可是有些事实和你无关，重点是你有什么感受？”

我一时还真的不知道怎么反驳，

他接着说：“我不要听你说有百分之多少的人都离婚了，

我要听你说，你爱不爱我，你想不想和我结婚，

就算我们周围的人都离婚了，没结婚的人都不打算结婚了？

我在意的只是你怎么想，

因为如果全世界的人都这么消极了，你就更是我唯一的希望了。”

感性和理性的碰撞，法法的情绪上来了。

我握住他的手，

“我当然爱你，我当然想…，

只是结婚，什么是结婚，去登个记，拿个证，然后穿得漂漂亮亮的在一群人面前宣誓？

我只是不相信这个形式，没有这个必要，

你要我对你发誓吗？我现在就可以对你发誓。”

他还是没有被说服的样子，“那不一样。”，他喃喃。

“怎么不一样？”

“毕竟白纸黑字的。”

我沉默了几秒，“那把字写在我身上好了，我随身带着。”

“你什么意思？”

“在身上纹一个，随便你要我纹什么，够爱你吧？”

“可以考虑。”他这才有点妥协。

—131—

7月12号。

他提早到家，特意买了一束红玫瑰，

点上香油，

给Knox和Astro带上领结，

等着我回来。

我开门，看见带着领结的狗们，“哟，什么节日啊今天？”

我走进客厅，

法法手捧玫瑰，单膝跪地，

我一脸惊讶，没有说话。

他平静又紧张地说，

“好的事情很少发生，

尤其在我身上。

可是，现在发生了，

你是在我身上，发生的最好的事情。

可是我当时并不知道，

拒你于千里之外，

而你，却还是走进了我的生活。

所以，我要感谢你，

感谢你走进我的生活，

感谢你爱我，我，这样一个不完整的人。”

我低头，他继续，

“我爱你，真的很爱你，我从不知道我能够这样的爱一个人，

无论好坏，无论贫穷富贵，我都不会离开你。

所以，Ellie Ye Fan，你愿意和我，Fabrice Quentin Mendez

一起去纹身吗? ”

他说得很顺，又一次最浪漫的事情发生。

“我要! ”他把我扑倒在地毯上，

狗们也来凑热闹。

23

誓约

The vows

-132-

我知道这个听上去很愚蠢，

不过，一起去纹身，好像就是我们俩的婚礼，

虽然，我对法法长篇大论的说了一通我有多么不相信婚姻，

但是，如果这是我们的婚礼，

就像所有的婚礼一样，

都要精心地筹备，和仔细地计划。

-133-

7月13号。

“我妈超级讨厌纹身的，她说档次低的人才纹身。”我牵着Knox走在路上，

法法牵着Astro，“曾经是吧，她比较传统吧，…你不会是想气她才要纹身的吧？”他反问，

“曾经有过，20岁的时候，不过当时没那个闲钱。”

“你想纹什么？”他问我。

纹什么是这场“婚礼”最关键的内容，

纹什么是我们对彼此的誓约。

“就纹‘I am married’的法文好了，好不好？”

“好啊，”他脸既然红了，“Je suis marié。”

“好啊，你写下来，回家我来设计设计字体。”

“你准备纹哪？”我们站在路口等红绿灯，

“我随便啊，你是过来人，你想我纹哪？”，“坐下”我对Knox说，

Knox坐下，等红绿灯。

“呵呵，你就纹肚脐下面吧，这样你出去乱搞的时候，给别人提个醒。”他玩笑说。

“行啊，不过大部分人应该都看不懂吧。”

他挑了一下眉毛说，“但是你懂啊，这就够了。”

这招够狠。

绿灯亮了，我们过马路。

“你呢，你纹什么？”我问他，

“我和你纹个一模一样的。”

迎面走来的女生牵了一只拉布拉多，

Astro对其毫无兴趣，

Knox冲过去对着拉布拉多的屁股闻了半天，

我扯了扯它的项圈，它才继续前行。

－134－

7月15号。

时间：下午4点15分。

短信：“你还是没联系我哦，很高兴那晚在夜店又看见你，别把我忘了。”－Marc。

回复：“呵呵，也很高兴那晚碰到你。”－我。

回复：“你今晚忙吗？”－Marc。

我没有回复。

－135－

7月16号。

时间：下午2点33分。

短信：“你最近怎么样？”－七七。

回复：“我要纹身了。”－我。

回复：“为什么？”－七七。

回复：“因为Fabrice要结婚。”－我。

回复：“说啥呢？”－七七。

我打了过去，

“喂？”七七接了电话，

“都是你的错。”我开玩笑地说，

“我的错？”

“你去参加了那场婚礼，搞到法法想结婚，

你也是知道我的，

我不想结婚，恩，不是不想结婚，

不想去内政部登记结婚，

所以，我们纹身，结婚，纹身结婚。”我自己也解释不太清楚。

“天呐！你们什么时候结婚？不是，你们什么时候纹身？”七七激动了，

“这周末吧。”

“你个王八蛋，这么大的事情你竟然都没主动告诉我！这不就相当是你的婚礼吗？

我要参加，必须的，我得去。”

“呵呵，”我乐了，“行，你来呗，别搞大了，不是什么大事！”

“你开玩笑？不是什么大事？！

你，Ellie Fan，

我见过的最理智，最冷酷，最愤世嫉俗的人，

居然要结婚了，要纹身了？！

随便你怎么给它定义吧，反正是大事！大事！”

“冷静！”我说，

被七七这么一说，弄的我也觉得，好像是件大喜事似的。

“你选了地方？我给你介绍个地方吧，我脚上那个鸟笼就是那纹的，我有个朋友在那 … ”

七七进入了滔滔不绝的状态，女生得知自己密友要‘结婚’了可能都这个反应吧。

—136—

7月21号。

我，法法还有七七，来到这家纹身店，

叫“Nothing but Ink”。

她的朋友在这里上班，一个纹了花臂，又黑又高，剃了圆寸的中国男生，

叫Tony。

“这是Tony，我朋友，今天就是他给你们纹；

Tony，这是我好朋友，Ellie和她男朋友Fabrice，

他们今天一起来纹身，但其实他们是来结婚。”七七依旧很兴奋。

“啊？怪不得你那这手捧花，你是伴娘吗？”Tony 调侃的说。

我忍不住打断七七，“不要再一直说我们是来结婚的啦，别人会以为我们是疯子。”，

法法好像很享受这个氛围，说到底，结婚才是他想要的。

“呵呵，没关系的，每个人表达爱的方式都不一样。”Tony 说。

这算他给我一个台阶下吧，

我顺着台阶走下来，“呵呵，那就麻烦你了。”

“怎么会，恭喜恭喜。”

七七掏出她的照相机，“来来来，在店门口合影。”，她把我和法法推在一起。

我觉得这很丢人，法法他倒是超级配合的，

“1，2，3，茄子~”

“咔嚓。”

—137—

纹之前，我突然好紧张，

结婚还可以离婚，这纹身，纹了就一辈子了吧，

虽然可以去激光去除，但是比起离婚来麻烦很多，

我突然觉得法法占了我好大一个便宜，

这纹身比起结婚来，他也划算太多了，

这纹身比起结婚证书来，才是一个更深的承诺。

“准备好了吗？”Tony 问我，

我没有准备好，谁又是呢？“恩，来吧。”我说。

那个纹身的器具比想象中的声音要大，

不过痛感并没有想象中的那么痛，

就好像一把很烫的刀，在皮肤上划来划去。

“茄子~”七七又照起来。

“怎么样？疼不疼？”法法问我，

“还好，能忍得住的疼。”

“第一次没有咯，不在是纹身处女咯。”他起哄，

“是啊，我的第一次给你了，你要怎么补偿我？”我痛中作乐，

“这不是放过你，没让你去内政部登记吗？”他还惦记着呢，

“也对。”我说。

“怎么样？有没有突然觉得责任感顿时重了些？”七七又开始煽情，

“没有，现在只能感觉到痛。”我瞪她。

—138—

8月8号。

纹身部位的皮肤已经不红了，皮也退的差不多了。

我洗完澡照镜子的时候，还是忍不住去摸它，

我还蛮喜欢的，

特别是当我们缠绵的时候，

我看着他肚子上的纹身，

顿时，

让我更珍惜。

— 139 —

生活中，有那么一些时刻，

我们可以开始喝酒了，去夜店了，

可以去投票了，

可以去结婚了，

无论我们多不想长大，我们还是喜欢做成人才可以做的事情，

所以，我们去喝酒，去夜店，去结婚，

或者，去纹身。

无论我们多不想长大，我们的责任还会越来越大，

起码，我们试着去应付这些越来越大的责任。

走过走廊，

墙上多了一副照片，

我和法法在Nothing but Ink 的那张，

我有点害羞，法法依然笑得很开心。

24

良知

Cause it’s the right thing to do

—140—

8月12号。

“说说吧，有什么新的事情发生？”Mel问我，

我真的很喜欢Mel的皮沙发，够钱了，我也要买一个，

“我结婚了，恩，和结婚差不多，”我有点开心又有点害羞，吞吐着和Mel解释着我的‘婚礼’，

“我纹身了。”我把衣服掀起来给Mel看。

她伸着脖子，“是法文？我－是－…”，

“I am married，我已婚。”我翻译给她。

“所以，你和Fabrice‘结婚’了，为什么？你们同居才一个多月。”

我整理了上衣，“你知道的，我不相信婚姻，不相信两个人能永远在一起，

更不相信领证登记，那些有的没的。

但是，不知何故，他让我相信，

倒不是相信婚姻，他让我相信他会永远和我在一起，

而且，我也想和他在一起，

起码，现在，起码此时此刻，我真的相信我们会在一起很久，

或者说，撇开我的冷漠，我希望我们会在一起，很久。”

我突然的长篇大论吓了我自己一跳，也吓了Mel一跳，

“我很高兴你现在能，能慷慨地和我分享你的感受，不过，你还是没有回答，为什么要结婚？”

“…，虽然我是这么个感受，但是我还是不相信婚姻，

谁知道，Fabrice很崇尚婚姻，他想和我结婚，至少，他希望有一天可以和我结婚。

所以，我们都妥协了一步。

没有内政部，没有结婚证书，就只有纹身，我把我对他的誓言纹在了身上。”我有些自豪地说。

Mel在笔记本上写着什么，

抬起头说，“OK，可不可以说，你是害怕他离开你，所以，去纹身来留住他？”

“你怎么把我说的这么可悲？”Mel的问题，刺激到了我脆弱的神经，

“我很幸福，我终于感受到了幸福 …”

Mel 打断我，“我认为这是一件好事。”

我停住了，疑惑的看着Mel，

“你看啊，你总是一天到晚的埋怨你是多么不幸，别人一个接一个地离开你，

你爸，你妈，Hamish，

但是，你从来没做过什么，你就坐在那，埋怨着，

然后眼睁睁地看着他们一个一个走出你的生命。

终于，这一次，你做了些什么，你去纹了身，

这样他就不会离开你。

我认为这很好，终于有点进展了。”

好像是一直被老师嫌弃的学生，得到了一个五角星，我有些开心，

不过，我还是冷静地说，“可能吧。”

— 141 —

“你去哪了啊，这么晚回来。”，一进门，法法就问，

“我下班以后，有个约会。”我想轻描淡写地带过。

“约会？和谁？”他把手在围裙上擦了擦，过来亲我一下，

我不想说，因为这件事我谁都没说过，连七七都不知道。

— 142 —

2个小时以前。

我还坐在那沙发上。

"性生活怎么样？" Mel问，每次必问的问题，

"蛮好的，比和Hamish的时候好一些。"

"有动摇过吗？" Mel 翻出我朝三暮四的历史，

"有。"我很诚实，毕竟这是我能唯一做到100%诚实的地方，Mel的沙发。

"可是，现在'结婚'了，有觉得不一样吗？"

"有，但是和结婚了没什么关系，和纹身也没什么关系，

因为是Fabrice，因为他，我想我是为了他而改变。"

Mel的眼神中有一点对我的肯定，"不过，婚姻的基础不能建立在谎言上。"

"那都是我的过去吧，没有必要提吧。"

"我同意，但是那一周呢？"

"哪一周？"

"你以为他没有选择你以后，在他告诉你选择你以前的那一周。"

哦，那一周，...

"我们当时又不是一对情侣，而且，这是不重要吧？"

"这对于你来说，也许没什么意义，只是性，对他来说，可能不一样吧？

如果他也觉得不重要，那么当然皆大欢喜，

但是，你不认为他有权利知道吗？"

— 143 —

回过神来，

"约会？和谁？"他把手在围裙上擦了擦，过来亲我一下，

"牙医，我今天下午约了去看牙，有颗牙很痛。"我还是决定不告诉法法。

"是哦？都没听你提过。"

"恩，我前两天都忍着，今天早上起来超级痛，就约了去看医生。"

"好点没？"

“她帮我做了清洁，打了消炎针，叫我要有什么隐痛的时候，要及时清洁。”

“晚饭快好了，你换个衣服就下来吃吧。”

我上楼换衣服的时候，一直想着Mel的话。

他下楼后，“嘿，我跟你说个事。”

“说吧。”他摆着桌子，

“一直没和你说，因为我觉得根本是无关紧要的事。

当你没来码头以后，我以为你选择了Candy，

在之后的那一周，在你来我家告诉我你选择我之前的那一周，

我和别人上床了。”我真的觉得是无关紧要，但是为什么我说的时候，那么紧张。

“别人？还是复数？几个人？”法法开始激动了，

“两个。”

“Marc是其中一个吗？”

“是的。”

“你难倒不知道为什么离开Candy的吗？你觉得这对于我来说是无关紧要的事？”他吼我，

“这完全是两回事，

你和Candy当时在一起，她是你的女朋友，她对你做的是很不负责的事，

你和我当时，什么都不是，你把我丢在码头，然后失踪了一周，

我当时很伤心，你伤了我的心，

而我，不会因为我选择怎么修复你破坏的东西而和你道歉！”

他愣了一秒，“你还是应该当时就告诉我。”

“我可以为这个而道歉，我应该当时就告诉你。”

“那次之后，还有发生过吗？”

“当然没有。”

“你知道的，我就是害怕，害怕发生和Candy一样的事。”

"我不是Candy，这也是你选择我的原因。
永远不要忘记这个原因。"
那晚家里的气氛有点僵，
也是必经之路吧。

—144—

睡前，我躺着，看着天花板，说：
"我不相信天堂，我不相信地狱，
但是我也不否认它们可能存在，
我只是不去想这些，没什么意义，
有什么意义呢？我又不能控制的事情。
难倒我应该说该说的话，做该做的决定，因为我害怕下地狱？
不，我说该说的话，做该做的决定，因为那是该做的，那是对的，
因为我知道是非，我有良知，
而我不需要相信天堂地狱才知道什么是良知。
我不会出轨的，不是因为害怕下地狱被惩罚，
因为怕活着的时候就被惩罚，怕失去你，那会是最大的惩罚。
我也不会离开你，因为和你在一起，你让我变好。
你让我想变好，让我可以放下防备，变成一个温暖的人，
我想成为一个温暖的人，
和你在一起，我想我可以。"我的眼睛湿润了。
法法转过身来，歪过的头，
吻了我的唇，
把我的头抱在怀里。

25

结局

The end

— 145 —

8月16号。

“你明天有事情要忙吗？”临睡前我在洗手台刷牙，

法法坐在床上用电脑，“没什么事，干嘛？”

“明天是Knox生日，8岁生日，想带他去海边走走，给他买点零食什么的。”

“是哦？Knox过来！”他叫Knox，Knox跳上床，“明天是寿星哦！

狗的8岁，相当于人的，7*8=56，你都奔6啦！小老头。”他揉着Knox的脸。

我看着他们微笑。

“亲爱的。”法法说。

“干嘛？”

“你知道Knox脖子着有一个小肉球吗？”他摸着Knox的脖子，

“哪？”我过去也摸着Knox的脖子。

我摸到在Knox脖子左边有个葡萄大小的肿块，

拨开毛发看，也不红肿。

“你之前都没注意到吗？”法法问我，

“没有吧，应该没什么吧。”我含糊地说，

“明天带他去看看医生吧，怕个万一嘛。”

“万一什么？”

“很多狗过了10岁，都得各种癌症，虽然Knox才8岁，不过，反正明天去看看吧。”

“你开玩笑呢？癌症也太夸张了吧？！”

“我不是说万一了嘛。”

“行，去看看吧。”我有点慌，但是我告诉自己不要多想。

—146—

所有养狗故事的开始都是一样，

本来是你一个人，

有一天，你决定养一只狗，

就变成了你一个人，加上一只狗。

第一年会很辛苦，

他们吃很多，拉很多，而且还是到处拉。

渐渐的它们长大了，‘懂事’了，

它们知道要怎么和你相处，

你也习惯了他们的存在，

但是，

故事的结局呢？

你从来都不会去想结局会是怎样，直到结局就在你眼前发生。

—147—

8月17号。

“发现了个肿块是吧？”兽医问，

“恩，这。”我指着Knox的脖子。

“恩，… 恩，”兽医摸着那个肿块，“就现在看来，

他都满健康的，如果食欲和排便都也没什么异常的话，现在很难说这个肿块是什么。

可能什么都不是，可能会是癌症，这个要切出来了之后才知道。”

“那今天可以切吗？”

“今天我们都约满了，明天可以，你早上10点把他送来，下午4点来接他，

我会把肿块切除，然后送去化验，也会顺便抽血，验个血。”

“好，我明天送他来。”

— 148 —

回家的路上，我一语不发。

“你还好吧？”法法关心我，

“我没事。”我说

几分钟后，我又说，

“没什么好担心的，都不知道是什么，怎么去担心，等化验了才知道。”

我知道，其实，我是对自己说。

— 149 —

“祝你生日快乐，

祝你生日快乐，

祝Knox生日快乐，

祝你生日快乐！”

我和法法给Knox唱了生日快乐歌，

给它一个系着蝴蝶结的牛后腿骨，

他吃得很开心。

我强颜欢笑地和Knox玩耍，

我好难过，

尤其是看着它开心的样子，

他都不知道自己，自己可能生病了。

— 150 —

8月22号。

时间：上午10点14分。

来电：未知号码。

“喂。”

“喂，你好，请问你是Ellie吗？”我一猜就是兽医。

“你好，我是Dr. Singh，关于Knox的化验结果，很抱歉，那个肿块是淋巴癌肿瘤，

我建议你带他去大一点诊所去拍个X光，看看有没有扩散。”

“Ok，谢谢你。”我木讷地说，脑子一片空白。

放空几分钟后，

我放下手头的工作，上网搜索哪里有可以拍X光的兽医院，

约了下午就带Knox去。

老板刚好路过我的桌子，

“Doug，”我喊他，“嗨，不好意思，我今天下午要请假。”

“为什么？”

“我刚刚得知我的狗得了癌症，我下午要带他去拍X光，看看癌症有没有扩散。”

“哦，那你去吧。”老板也没说什么，也没法说什么吧。

— 151 —

下午回家接Knox去医院，

一开门，他就向我跑来，

我就哭了。

－152－

天黑了，

我坐在客厅的地上，抱着Knox，没有开灯。

门开了，

法法进来，开灯，“你在家啊？怎么不开灯啊？”

“Knox得了癌症，淋巴癌，而且已经扩散了。”我眼睛放空地看着墙角，把X光片递给法法，

他看看片子，“嗯，擦。。。你还好吧？”

“不，我不好。”

“我知道你一定很难受，…”他还没说完，

“不，你不知道，你的狗还活的好好的。”

“不过我知道他一定会走在我前面，你也一直都是知道Knox会走在你前面的嘛。”

“是的，我一直都知道他会走在我前面，

我也一直都知道他走的时候我会很难过，

我现在知道他可能快要走了，所以我现在很难过，

所以，请你就让我难受。

我知道你想安慰我，不过不用，

请你就让我这样坐着，这样难过，好吗？”我的声音有点颤抖，

“你在哭吗？”

“快了，所以，请你离开，我不想让你看到我哭。”

“你可以在我面前哭，没…”

“出去！”我吼，

法法被我吓到，也不知所措，便留我一个人在客厅。

— 153 —

2个小时前，

“那它还能活多久？”我鼓起勇气问。

“把免疫力养好一点，应该能活到半年，不然的话，3个月也有可能。”

“他现在浑身痛吗？”

“不，不痛的，等他的淋巴腺肿起来的时候，就痛了。

然后它的抵抗力会越来越差，

到时候你可以选择安乐死，或者它会开始不进食，或者肝衰竭…”

— 154 —

所有养狗的故事的开始都是一样，

本来是你一个人，

有一天，变成了你一个人，加上一只狗。

但是，

故事的结局呢？

结局，还是你一个人。

26

世外桃源

My place

— 155 —

9月3号。

几瓶啤酒以后，我和法法团在沙发里看电视，

"我觉得是时候了。"法法小脸微红地说，

"什么时候？"我不解，

"是时候我们住一起，真正住一起。"

"你说什么呢？我们这不住一起了吗？"我更不解。

"你的公寓呢？你不还租着你的公寓吗？"他把电视音量调小，

"是啊。"哦，这个问题我一直都在逃避，

"为什么？为什么还要留着那个地方？"

"因为…"我吞吐，

"说出来啊，因为什么，说啊。"他急了，

"…"感性的话我不擅长说，

"因为你还不知道我们会不会长久？因为你想给自己留个退路？"

"你有一艘船。我有一艘船吗？"

我解释，"你有一艘船，那是你的地方，那是你的世外桃园，

当你想一个人的时候，或是逃离现实的时候，你就去船上，

Candy曾经是你的现实，你想逃离她的时候，你就带了我去了那船上，

我那时也在逃离现实，船就变成了我们两的世外桃园。

但是，我们现在住一起了。这里，这个房子，是我们的世外桃园，"

"你说什么呢？我不明白。"

"听我说完，"可能是有点小茫的原因，我开始说个不停，

"这里，这里是我们的世外桃园，

可是，有的时候，当这里变得荆棘的时候，

你还是可以回去你自己的世外桃园，你的船，那是你的地方。

所以，我的公寓，那是我的世外桃源，那是我唯一的地方。"

“你认真的吗？这是什么逻辑？你是说，如果我要你彻底地搬过来，我就应该卖掉我的船吗？”

他坐直了，往沙发的另一头移了10公分，

“不，不是这个意思，

我不知道，

这一切对于我来说都太突然，太…太陌生，

我没有和别人同居过，

我没有让任何人像你这样走进我的世界，这么进来，

这让我有些害怕。”我声音越来越小，害羞。

“我也让你走进我的世界了呀，有什么好害怕的。”

“你就是这样的人啊，你阳光灿烂的，你不介意让别人走进你的世界。

可是，我，你也知道，我一个人惯了，

我觉得的，我在改变，我在为你改变，

倒不是我介意为你改变，我愿意为你做任何事情，

但是，我有点害怕。

我怕我不再是原来的我了，

我喜欢原来的我，我想，你也喜欢原来的我吧，不然…

我的意思是，我在改变，我知道这是不可避免的，

但是，我感受也是真实的，我不安，

而我的公寓，它让我想起原来的我，它提醒我，我是谁。

有一天，我不再不安，我会准备好，

那一天，我就不再需要那个公寓了，

不过那一天，不是今天。”

“你喝多了以后好能说啊。”他开始觉得话多的我有点好笑，

“是啊，还有什么要问的？”我一脸严肃，

“你知道今天是什么日子吗？”他又靠近回来10公分，

“最好答案是个有意义的日子？”

“你住过来3个月了。”他笑着说，

“晕，你几岁啊你！算这个有意思呀？那我们在一起多少天你也算了？”

他终于露出了他‘软弱’的一面，不过为了让我自己不再为自己的长篇大论而丢人，必须这样藐视他。

“4个月零14天。”他也忍不住大笑。

“你个怪胎！”我扑倒在他怀里。

—156—

9月4号。

早上起床，站在后院抽烟，

Astro和Knox在草地上上厕所，

Knox吃饭什么的都还很正常。

“你还记得你昨天晚上说的话吗？”法法问我，

我当然记得，“不记得了。”，

他当然知道我记得，“你搬过来以后，回过你的公寓？”，

“回过啊。”

“什么时候？”

“我想回去的时候。”

“为什么回去？我很烦人啊？”

“此时此刻，你就很烦人。”我逗他，

“呵－呵。”他附和着假笑，

“我从18岁以来都是一个人住，我习惯一个人住，我喜欢一个人的安静，

然后现在，我和你住，

到处都是你，随处可见的你，

这让我很幸福，满眼都是我的爱人，”

他刚想说我嘴很甜，我用手里的烟堵住他的嘴，

“这也让我很闹心。”

“闹心？！”

“是的，闹心。

当我半夜醒来，你在打鼾的时候；

当我要去睡客房，然后在你闹钟响之前回到你床上装睡的时候；

当你把脏衣服倒出去的时候；

当你周末忘记把脏衣服洗掉，然后周一要穿我的内裤的时候；

当你…”

“我知道了！不要再说了。”他觉得丢人，“后悔住一起了？”

“即使在这些时候，我还是爱你的，但是闹心，

我在学着习惯它们，但在我还没完全习惯的时候，我就去我公寓呆一会儿。”

其实，法法也没有那么介意，他只是好奇，“那你什么时候去的，我怎么都不知道？”

“有的时候，我跟你说，我带狗们去公园，我就带他们去公寓了。”

“那你在那都干什么？”

“我写东西，我读东西，很多时候，我什么都不做，

我就躺在地毯上，放空。

这就是我去那的目的，不去想你。”

“好吧。”

“我就没什么让你很烦的地方吗？”

“没有。”

“真的哦？”我很惊喜，

“有，你…”

“不要告诉我，我不想知道。”我灭了烟，走进室内，

“你早上起来有口气！你吃鱼的时候吃头！你…”他笑着喊，

“听不见。”我拎起我的包，出门上班去了。

– 157 –

9月21号。

时间：早上7点06分。

来电：Anderson。

“谁啊？这么早？”法法抱怨了一句，翻身继续睡觉。

我拿着电话下楼。

– 158 –

法法终于起床，不见我，

下楼准备烧杯咖啡，

看见咖啡机上的便纸贴，

‘早，我出去走走，醒了给我个电话。”

他没有给我电话。

– 159 –

法法开车来到我的旧公寓，

他预感我会在这里。

他的预感是对的。

我听到敲门声，便去看了门，

“哈！我就知道你会在这。”法法很自豪，他猜对了，

“哦，亲爱的…”我一脸错愕，

此时，一个只穿着内裤的男生从浴室走出来，拿着浴巾擦着头发，对我说，

“就因为我叫你来，你就来？你也不一定要来啊。”

他抬头看到站在门口一脸震惊的法法，立刻用浴巾围住自己的身体。

“你TMD贱人。”法法转身而去。

27

宠儿

Anderson, the golden child

—160—

9月21号。

“听我解释。”我拉住他。

法法转身推开我，我没站稳，摔倒在地，

“他才几岁?！他看上去才18岁！合法啊你?！”

我忍不住笑出来，

“还笑！不要脸！”法法继续发狂。

Anderson跑过来，“嘿，这位先生，我能自我介绍一下吗?”，

“你还有胆…”

“我是Andy，我是Ellie的弟弟。很高兴认识你。”Anderson伸出手，示意握手。

“什么?！”法法疑惑了，无意去握手，Anderson尴尬地收回他的右手，

“恩，”我呻吟着，“这是我弟弟，Anderson。”，我缓缓站起来。

“但是，但是，他和你长的…，他都不像是个亚洲人。”

“他是我同母异父的弟弟，他爸爸是白人。”

“你从来都没和我提过你有个弟弟。”

“你从来都没告诉过我你有一个姐姐，我还是从Facebook上看到的。”

“但是，你Facebook上都没说你有一个弟弟。”

“我看上去像是个会在Facebook提这些事情的人?”

“…”法法一时无语，

“你现在，现在应该和我道个歉。”我缓缓站起来。

“哦，哦，是，对不起，亲爱的。”他过来扶我。

“嗨。”Anderson站在我背后，对着法法挥挥手。

—161—

2个小时前。

“喂? ”Anderson给我打电话，还这么早，一定没什么好事，

“喂，Ellie，是我。”他有点嬉笑，

“出什么事了? ”

“呃…，我在警察局。”

“你犯什么事了? ”我惊讶，也不惊讶，

“我昨天晚上出去玩，今天早上开车回家的时候，被警察临检，说我酒后驾车。不过我3点以后就没再喝了，反正我现在需要你来接我，他们不让我开车。”听上去，他倒是满清醒的。

“哪个警局? ”

我给法法留了个纸条便去接Anderson。

—162—

Anderson一边穿上衣服，一边问我和法法，“我们一起去吃早餐吧? ”

“行…”法法还没说完，

“不行。”我斩钉截铁地说。

“哦…， 不行。”法法立刻改口。

“为什么不行? ”Anderson想撒娇，

“你叫我去警局接你，我去了，因为我知道不想让老妈去接你。

饭我就不供应了，你回家让老妈喂你。

你现在也洗干净了，酒也醒了，我送你回警局拿车，你赶紧回家。”我不想他搞出更多麻烦，

“但是我一年多都没见到你了。”

“那你下次，不是在警局才想起我的时候，给我打个电话，我们再出去一起吃饭。”

“老是这么严肃，没劲。”他翻了个白眼。

我把他的鞋子扔给他，催他赶紧准备出门，

法法有点搞不清状况，没有说话。

— 163 —

我把Anderson送上车，“注意安全，下次少喝点。”

他拉住我，给我一个拥抱，“我想你，姐。”，

我也想他。

他开车离开，对着我喊了一句，“给老妈打个电话！”。

一踩油门，他走了。

— 164 —

分别开车回到家，

回家的路上法法一定憋了一肚子的问题，“他几岁啊？”

“18。”我摸摸跑过来的狗们，

“继续说啊。”他用手指画圈圈，

“8岁那年，我爸出车祸死了以后，

10岁的时候，我妈再嫁，嫁给了Martin，Andy他爸。”

“你后爸。”

“他不是我后爸，是我妈的老公。”我很敏感，

“他对你不好吗？”法法给我倒了杯水，

“不好也不差，反正不亲。”我一口气喝完一整杯。

“那你和Andy关系不好吗？你对他有点凶。”

"他是我弟弟，他会的那么几句中文都我教的，他会的所有事情都是我教的。

我很爱他，… 曾经很爱他。"

"然后呢？"

我已经开始不想回答了，但是，是法法，不是外人，他也该知道这些吧。

我坐下，靠着沙发，"我18岁的时候和我妈闹翻以后，8岁的Andy变成了家里的宠儿，

他成了老妈第二个机会，因为对于她来说，我是个失败品。

所以，我后来和Andy就疏远了。"

"但是，…"我知道法法要说什么，

"我知道，但是这都不是他的错，他只是个孩子，

可是我就是不想看到他，看到他就会让我想起母亲，

想起她选择了Andy，放弃了我，眼都不眨地放弃了我。"

"我觉得你的怨已经笼罩了你的判断力，你是一个理智的人，

你想也知道，有哪个母亲会眼都不眨地放弃自己的孩子。"

这就是我不想和别人说这些事情的原因，他们总是自以为是的有一点意见。

"你不会明白的，你的母亲那么爱你。"

"我的意思是…"

"我不想再讨论这个话题了。"我起身，拿了桌上的烟，去后院抽烟。

法法没有跟出来，

我也不知道我有没有希望他跟出来。

28

母亲

What happened to me

— 165 —

1年多前，7月9号。

有人敲门，

开门，

是Anderson，眼睛有点红。

“你又闯什么祸了？”我有点先入为主的上火，

他什么都没说，就给我一个紧紧地拥抱，哭了。

我把他拽进来，关上门，

“怎么啦，说话。”

“妈，妈她生病了。”其实我有点慌了，

“肝病，需要肝移植。”

“那不是有救的嘛，”我舒了一口气，“又不是绝症。”

“但是我不是她的配型，我的血型和Martin一样，家庭医生那的档案显示你和妈的血型一样。”

哦，他是来要命的，还不是比喻，实实在在来要命的。

我一时有点蒙，他继续说，应该是他事先都想好的台词吧，

“我，我从来都不想向你要什么，因为我知道你已经给了我很多。

我也知道你怨母亲抛弃了你，在你最需要她的时候，抛弃了你，

虽然，我当时只有8岁，但我懂。

我知道你恨她，怨她，

但是，我不是她的配型，我的血型不匹配，

而你，你流着她的血。

即使，即使你不想帮她，帮我，帮帮我，

因为她要死了。”

他啜泣了，眼泪积满了以后，一滴一滴地掉下来，

"所以，"他抹去眼泪，"我来向你要你的肝，我要你救我们的母亲，我的母亲，

我知道她抛弃了你，但是她从未抛弃我，

对于我来说，她是个好妈妈。

所以，求你，求你给她健康，给她我不能给她的。"

我转身，一边给他倒水，一边说："她知道你来？"

"不知道。"

我把水递给他，

"我不渴。"

"再这么哭下去就脱水了，喝了才能继续哭。"他还是个孩子，毕竟。

他喝了一小口，"可以吗？"

我拿了纸巾给他，"你是我弟，你以后想要什么都可以我告诉我，我能帮你的都会帮你。

至于这件事，

你是觉得我有多冷血啊，我当然会帮我们的妈啊。"

我没有在他面前表现出内心的挣扎。

—166—

7月10号。

我走进医院，在母亲病房前徘徊了几分钟，才进去。

"你来这干嘛？"母亲一脸不悦，

"哦，嗨！我很想你！"我讽刺地说，

"你来干嘛？"

"Anderson告诉我你需要做肝移植手术，但是他不是你的配型，所以…"没

等我说完，

“我不要你的肝。”她扭头看着窗外，

我有意料到她会这么说，不过，真正听到的时候，心还是会痛。

“很可笑，是不是？你认为我是这个世界上最恶心的人，

结果，现在我的一部分将活在你的身体里，

有没有觉得自己也很恶心了？”

她看着我质问：“你是怎么了？到底是发生了什么，让你变得这么邪恶？”

我呼吸加速：“你想知道发生了什么吗？

你！

你发生了在我身上！

你是我最大的悲剧，

你让我变得这么邪恶！”

“那就不要救我！让我死了你就舒服了！“

“不行！”

“为什么不行？！”

我告诉自己不能哭，

“我做这一切不是为了你！

是为了Anderson！

是为了我！

我不要让对自己的母亲见死不救成为又一件发生在我身上的悲剧！

有人说我很残忍，说你给了我生命，而我都不感恩。

现在，这是我感恩的时刻，现在我给你生命，我就再也不欠你什么了。”

我夺门而出，我无法再在那个空间呆下去。

我去隔壁搂，做了术前检查。

－167－

7月11号。

时间：早上9点00分。

短信："Ham，我下周要基督城出差，一整个礼拜都在那。"－我。

回复："哦，那今晚一起吃个饭吧。"－肉肉。

回复："好啊。"－我。

－168－

7月17号。

我在手术单上签了名，紧急联系人填的是七七。

我换上手术服，躺在病床上，

护士问，"所以，你不需要打电话给朋友什么的么，找个人来照顾你吗？"

"啊，不用的。"

"她没有朋友的。"隔壁床的母亲说。

护士尴尬地也不知道说什么。

"你就不能对我好一个小时？我在给你我的肝耶。"一说出口，我就知道说了也是白说。

"那就不要给，反正我不要。"

我没有说话。

Martin走进来，"嗨，Ellie！怎么样，感觉怎么样？"他大包小包地拎了一堆。

"哦，嗨，Martin。"

他握着我的手说，"谢谢你，谢谢你这么做。"

"啊，没什么的。"我僵硬地笑了笑，

他靠过来，在我耳边说，"你妈她嘴硬，其实她心里很感激的。"

我又僵硬地笑了笑。

—169—

进手术台的时候，

不知道之前护士给我打了什么药，我已经很恍惚了，

我想，

母亲如果死了，我才不会更好过，

我应该会更怨她，临死了都没有给我一点温暖；

可是如果我死了，

母亲应该会好过一些吧，母亲应该就不会觉得我是她这一生最不堪的作品吧。

麻醉师给我带上面罩，“Ellie，现在请你从10开始倒数。”

“10，9，”

如果我死了，

“8，7”

如果，

“6”

我死了。

空白。

29

愿

Dreams do come true

—170—

我们每年起码可以许一次愿，对着蛋糕上的蜡烛，

有的时候没有蛋糕，只有蜡烛，

有的时候连蜡烛都没有，

但是我们每年起码可以许一次愿。

我都许很小的愿望，比较可能实现的愿望，

比如，我希望今年冬天雨少一些，或者，[Twilight] 不要再拍续集了。

我不许贪心的愿望，因为贪心的人会被惩罚，

贪心的人，愿望不会实现。

—171—

11月10号。

“祝你生日快乐，

祝你生日快乐，

祝Ellie生日快乐~

祝你生日快乐！”

早上被法法的歌声吵醒，

他端着一盘子，里面放了两片抹了花生酱的吐司，插了一根蜡烛。

“许个愿吧！”

我微笑着，闭上眼睛，许了个愿。

“许了什么？”法法问，

“说了就不灵了。”

我许愿，希望Knox能多活几个月。

“25咯，再过一年就26了！”他逗我，

“你都已经29了，你还好意思说。”

我吃起吐司，他又端进来一杯牛奶和一杯橙汁。

“这可是我们第一次一起给你过生日哦。”

“哪有，我去年的生日也是和你过的啊，我们第二次缠绵的时候。”我满嘴吐司地说，

“我知道，但是这次我们是以夫妻的身份一起过。”

“哦，也是。”我靠过去，亲了他一口，“谢啦，亲爱的。”

“你是现在要你的礼物，还是晚上再看？”

“拿来吧。”我弹去手上的面包屑，

法法从衣橱里拿出他藏了两天的礼物，递给我。

很小很小的一个盒子，

是一把钥匙，

是他游艇的钥匙。

“我不想让你觉得那只是我的世外桃源，

我不需要一个世外桃源，

我不需要一个逃避你的地方，

所以，这艘船现在也是你的了，你想什么时候去就什么去。”

我忍不住笑出来，“你个混蛋！”，

这哪是一把钥匙，这是提醒，提醒我该放弃我的公寓了。

“成！”我说，

“成什么？”他微笑，

“我会把我公寓退了，把我所有的东西搬过来！”

“耶！”他跳上床，抱住我。

—172—

碰巧今天是周日，我决定今天就回公寓收拾。

“那我去我公寓打包装箱咯。”我换上旧Tee，

“我也要去。”法法放下手里的笔记本。

“不用，不用。”我急忙推脱，

“我知道你喜欢一个人，喜欢什么都自己来，喜欢独立，

这是你的特点。

但有些事情你一个人做不来的，有些事情你不应该一个人做。

而且，你也不再是一个人了，现在你有我了，

我们一起纹了身，你不再是一个人了。

所以，

让我一起！”

他亲我，

“让我和你一起做，让我们一起做，

从今天开始。”

“嗯！”我很不情愿地答应了。

—173—

走到我的公寓房门门口，

开门之前，我转身对法法说。

“你知道这件事的严重性么？”

“我知道！”他点头，

“这对于我来说是很大一步，非常大。”

他开始忍不住地笑，我瞪他，他又把脸严肃起来，继续点头，

“你马上就要看到我的一切了，

我会感觉很赤裸，比让你看见我的裸体还赤裸，

其实让你看到我的裸体，我一点都不觉得赤裸。

重点是！你会看到我的一切，

我的抽屉，我的柜子，我的鸡角旮旯，

然后你会翻出来奇奇怪怪的东西问我，

然后我要向你解释这些，

我不想向你解释的和我都不知道怎么解释的东西…”

“不用，你什么都不用向我解释。

我只想来，更多地认识你，我只观不语。”

“也不准笑。

不笑不笑，保证不笑。”

我开门，他笑出声来。

— 174 —

我和法法在公寓里收拾，

他有信守他的诺言，他没有问我奇奇怪怪的问题。

时间：晚上6点46分。

短信：“祝你生日快乐，妈妈。”–妈。

我看着手机屏幕，发呆，母亲已经9年没有和我说过生日快乐了。

回复：“谢谢。”–我。

30

圣诞

Merry Xmas

— 175 —

12月13号。

又是一年最重要的时刻，圣诞节。

我被法法拖去圣诞购物，他说今年一定要弄圣诞树。

“不要再臭脸了，圣诞节是多么欢乐的时刻！”法法拿起一顶圣诞帽，戴在头上，

“你就想找个理由花钱！”我摘下他的圣诞帽。

我们在柜台间走来走去。

“Ellie。”

“干嘛？”

“那个女的一直盯着你看。”法法看着远方，

“哪？”我顺着他的眼光看过去，

“哦…”

“你认识？”他问我，

“认识。”我依然目不转睛地看着，

“怎么认识的？”

“她生了我。”

“那是你妈？！”法法惊了，

“我去寒暄一下，你自己随便去哪逛逛。”我把法法支开。

— 176 —

“嗨，妈。”我不知道是该拥抱，还是握手，尴尬，

“嗨。”她的气色很好，身材也恢复得很好了。

“你身体怎么样？”我很有距离感地礼貌地问，

她居然面带笑容地说，“我有话对你说。”

“哦，你说。”出乎意料中。

“你父亲总是想把世上最好的都给你，我也是。

但是，好像我认为是世上最好的，并不适合你，

这让我很生气，也很生你爸爸的气，

因为他走了，把你丢给我，然后我要为你做这些决定，

上哪家学校，吃什么牌子的麦片，什么是最好的，都给你。

可能，是因为我去年差一点就死了，

可能，是因为我的身体里有你的一部分在生长，

这使我开始思考。

也许，也许是我错了，

可是我不确定，也许我还是没错。

但是我想确定，我想确定的知道我是对的，还是错的。

所以，我想再见见你，再 … 再认识你，重新认识你。”

我不敢相信我的耳朵。

“嗯…，”她继续，

“今年圣诞节要不要回家里和我们一起过？”

我面有难色，未等我开口，

“你考虑考虑吧。把你，你，把你男朋友也带上。”母亲眼神示意站在远处一直看着我们的法法。

“好的，我想想。”

“那再见。”她僵硬地拍拍我的肩膀，

我感觉像是触电了一样。

她远去，法法走过来，

“我以为你和你妈都不说话了。”

“我也以为。”

—177—

10年前，12月25号。

家里到处都是圣诞装饰，喜气洋洋的，

8岁的Anderson拿着他新得的圣诞礼物，一个玩具飞机，在家里跑来跑去。

我把餐具一一摆好，

母亲端出烤箱里的火鸡，

Martin给他自己倒了一杯威士忌，

大家围着餐桌坐下。

“开饭之前，我有事情和大家说。”我鼓起勇气，我天真地认为，什么都不会改变，

“OK，你要说什么？”母亲继续切着火鸡，

“OK，”我深呼吸，“我不是处女了。”，

“你不是什么？！”母亲放下手里的刀，

“我和Kyle…但是我们有用安全措施。”我有点哆嗦，

“不，你不是！”母亲激动了，

“亲爱的，这没什么严重的，这个年代…”Martin还没说完，

“Martin，你带Anderson回她的房间。”

Martin抱起Anderson上楼。

“你怎么这么不知道廉耻啊，你才18岁，你是个女生，我们又是基督徒，

你的身体是神圣的，你怎么就这么糟践自己呢？你赶紧和他分手！”

“我们是相爱的，我们只是表达自己的爱，而且我们都成年人了。”

“你听听你说的这都是什么话？！恶心！你懂什么是爱？我怎么就生了你这么个东西！”

“妈！”

“不要叫我妈！如果你还想当我女儿，你赶紧和他分手，我带你去医院，去做

修复手术。”

我哑口无言，

“你听没听见，家有家规，住我这就要听我的话，不然就滚！”

母亲走进厨房，背对着我，

我不想哭，也不知道自己在哭，可是脸还是湿的。

—178—

12月13号。

法法说：“所以你妈都和你说什么了？”

“她请我们回家过圣诞。”我还是有点傻愣，不知道刚刚到底发生了什么。

“我们？一起过圣诞？要么就是你一直在骗我，要么那个人不是你妈。”他开玩笑。

“我也不太确定她是不是我妈。”

“那我们去吗？”

“我不知道。”

“你应该去，她伸出了她的手，你也应该伸出你的手。”

—179—

12月20号。

时间：晚上9点03分。

短信：“告诉妈，我和Fabrice会来一起过圣诞。”–我。

回复：“奇迹啊！”–Anderson。

—180—

12月25号。

我和法法在开车去母亲家的路上，

“所以有什么预防针你要打？什么话不能说，Martin是怎么样的一个人，你妈是怎么样的一个人？”法法问我。

我开着车，“关于性的事情都不别说了，你说你是个处男最好。

Martin很好应付，喝两杯以后很好说话，

至于我妈，我已经不知道她是怎么样的一个人了。”

“所以，我们两只是朋友关系？！”

“我开玩笑的，他们当然知道我们是什么关系。”

— 181 —

敲门。

“嗨！”Anderson开了门，“圣诞快乐！”他给我们一人一个拥抱，

毫无疑问的，母亲在厨房，

“嗨，妈，圣诞快乐。”我招手，

“嗨，圣诞快乐。”她给了我一个有点僵硬的拥抱，她在努力，我懂。

“这是Fabrice。”我介绍，

“嗨，圣诞快乐。”法法说，

母亲伸出手，和法法握握手。

“我们带了甜点和白葡萄酒。”我说，

“谢谢。”母亲对我相敬如宾，我很不习惯，不过，起码，和去年比起来，算是很大的进步吧。

我转身，在Anderson的耳边说，“你今晚就负责一直和Fabrice说话。”

他点点头。

— 182 —

晚饭，

空气好像凝固了一样，大家一语不发。

“所以，你们两是怎么认识的？”Martin打破死寂，

“我们…”法法还没说完，我在桌下踢了他一脚，

“我们是在图书馆认识的。”我也不知道我为什么说了，图书馆，现在也就只能接着往下编了。

“图书馆？”Martin问。

“是的，”我说，“我在那为我们公司的杂志找资料，然后，然后，Fabrice在那…”我看着法法，眼神示意他接我的话，

“哦，”法法终于反应过来，“我，我在图书馆是因为，因为我只是进去用公共厕所…”

Anderson一脸坏笑，我瞪了他一眼，

“真是一个有意思的相遇啊。”Martin说，他知道我们在撒谎。

又回到安静。

…

“我有一个游艇，我常去钓鱼。你喜欢钓鱼吗？Martin。”法法问，

“我喜欢！”Martin激动的说。

谢天谢地，他们找到了共同话题，说开了。

— 183 —

我帮母亲在厨房收拾碗盘，

“他看上去人挺好的。”母亲说，

“是吗？可是你一整晚一句话都没和他说。”我有点埋怨母亲对法法的冷落，
“我没必要和他说。”
“那你怎么能知道他人挺好？”
“我听啊，
他喜欢狗，
他喜欢钓鱼，
他喜欢击剑，
他会去图书馆用公共厕所。”
母亲取笑我，就连她也知道那是个谎言。
“我能问你个问题吗？”我忍不住，
“你问。”
“到底是什么让你改变了对我的看法？”
“我被给予了第二次机会，第二次生命的机会，你给了我这个机会，
至少，我也应该给你第二个机会。
我还是不认为你的生活方式是对的，
但是，我想再重新认识你，
重新建立我的关系。”
“谢谢，谢谢你。”

— 184 —

人们常说，“人啊，是不会变的。”
其实从科学的角度来说，变化才是唯一不变的恒数，
能量，物质，
都不停的在转化，融合，生成，消灭。
而我们，我们那种想保持现状，想保持一成不变的想法，才是不切实际的。

Chapter 三十 聖誕 Merry Xmas 30

我们总是记着那些心痛的回忆，而不愿去编织新的回忆，

总是放不下曾经是什么，而看不见现在是什么。

可是，变化是不可抗拒的，

不知不觉中，

我们又有了重新来过的机会，

不知不觉中，

我们又重生了。

31

我爱的男人

Men I love

—185—

12月25号。

临走之前，母亲把我带去她的房间。

“这是你爸的戒指。”

她的手掌心里放了一枚银色的戒指，

“我还能清楚地记得结婚那天，我亲手给你爸戴上的场景。

我想，他应该会希望你拥有这个戒指。

你想留着，还是给别人都随便你，

这个戒指，现在是你的了。”

我接过那枚戒指，眼睛红了。

—186—

12月26号。

我躺在床上，

“你醒了吗？”我问法法，

“现在醒了。”

我举起那枚戒指，“我妈，昨天给了我这个戒指。”

他揉揉眼睛，“哦，好漂亮啊。”

“这是我爸的结婚戒指。”

“哇，很有意义的。”

我坐起来，面对他：“我想给你”

他也坐起来。

“当我问你要不要一起纹身的时候，

我们没有拿戒指。

当时好像是假结婚。但是，现在，现在我觉得我们真像结了婚一样。
而且，我知道你很想要这个，
不是这个戒指，
很想要一个真正的婚礼。
所以，如果我不想走老套路”
我轻轻的为他戴上那枚戒指。

—187—

1月2号。
半夜，回家的路上，
我和法法在一个24小时的便利店。
“全都把手给我举起来！！！”两个戴着黑面罩的人冲进来，持枪。
想都没想过的电影情节， 出现在我们身上。
“把钱全都拿出来！”其中一个蒙面人对收银员说，
那个收银员抖着把现金都放进了蒙面人手里的黑袋子。
“还有你们两个！”另一个蒙面人向我们走来，
我很害怕，我不停的对自己说，他们只是劫财。
“把钱包都交过来！”他挥动着枪，
我屏住呼吸，我和法法都把钱包放进他的袋子里。
“把戒指也拿下来！”他对法法说，
“不行！”法法本能地说，
我没想到他会反抗，“给他吧。”我对法法说，
“但是，这是你爸留下的，你给我带上的！”法法大喘气，
“你知道在电影里面，有见义勇为的，也有另一种人，就是看到危险拔腿就跑的人，

今天，今天我要你做第二种人？”

“怎么还聊上天了?！把戒指给我拿下来！”

我眼睛湿着，法法拿下了戒指。

— 188 —

1月3号。

回家，躺在床上，凌晨，我们都无法入睡。

“你不应该让我就那么轻易地给了他那个戒指。”法法还是很遗憾失去了戒指。

我发木地看着天花板说，

“我不想任何人伤害到你，我知道这个戒指对我来说，有多重要，但是你活着比什么都来的重要！”

我决定告诉法法，我父亲的故事。

“我爸死的时候，我当时也在车里，

他当时没有流血，所以我以为他没事，

其实他当时脖子已经断了，所以他根本动不了，而且他的胸腔内部大出血。

我看到车外很多人在看，我才开始害怕。

但是他说，那些人只是想帮忙，我才平静一些。

后来他的脖子开始肿，我能看到皮下开始瘀血，所以我开始哭。”

他说：…”

— 189 —

17年前，10月11号。

父亲的脖子开始肿，我看到他皮下开始瘀血，我开始哭。

他说：

“不要哭，不要哭，听爸爸说。

你现在已经8岁了，马上就要9岁了，已经上学了，是个大人了，

长大了以后会成为一个美丽，智慧的女人，

长大以后会如果开车，一定要慢开，呵呵。”

他每说一句话，都要停一停，喘气，

“你能帮爸爸一个忙吗?

你妈很快就要到了，

她到以后，会哭，因为爸爸受伤了，

所以，爸爸要你对妈妈说，

不要哭，一切都会没事的，不要哭。

一直和妈妈说，

你能做到吗？”

我点头。

“好，乖，爸爸现在要睡一会儿了，你要不要抱着我一起睡？”

我点点头。

—190—

1月3号。

“我靠在他的胸口，等着，

等着我妈，等着救护车，

渐渐的，

他的心不跳了，

他再也没有醒过来。”

我顿了顿，深吸一口气。

“是的，那个戒指对于我来说是很重要，

但是，我两周前才知道这个戒指的存在，

戒指没了，也就没了，可是……

我的声音开始颤抖。

可是，我不能承受的是，你的离开。

我不能，

我已经经历了一次眼睁睁地看着我心爱的男人在我面前死去，我不能再经历第二次。

我会崩溃！”。

我的声音有些激动。

法法转头，看着我，

他立刻紧紧地抱住我。

“我明白，我爱你。”

— 191 —

你说了吗？

我爱你。

你说了吗？

没有你，我活不下去。

看着他，

你说了吗？

因为你有的，只有现在，

可能，一眨眼；

可能，明天；

一切就都面目全非了。

32

使命

Time is up

—192—

我不迷信，我相信科学，

可是当科学都没有站在你这一边的时候，

你要怎么办?

你除了希望，什么都没有。

—193—

1月23号。

我下班回家，看到法法跪在地上擦地板。

“怎么了? ”我问。

“Knox刚刚又吐了。”法法说，

Knox趴在走廊，他最近几乎每天都会吐。

我很心痛，不知道该说什么。

“我觉得，差不多是时候了。”法法暗示我，让Knox安乐死。

“不，不行。”我摇头。

“但是它现在很难受，浑身都痛，又吃不下东西。”法法说

“我又凭什么说是时候了? 我又有什么权利说它活到头了?

我不想为它做这个决定，

我怎么可能，捧着它的头，看着他的双眼，对他说，

是时候死了。

“但是它快死了，它正在死去的过程，

这是一个痛苦的过程，它现在就很痛苦。

如果它可以选择，它当然不会选择死亡，

但是它也更不会选择这么痛苦地活着。

你要做对的事，该做的事，

这是你最后一次为它做决定了，

做一个对的决定。”

“可是我做不到，太难了，我做不到。”

“你幻想一下，如果是我躺在病床上，浑身插着管子，浑身都痛，你会怎么做？”

“我一定会给你找最好的医生。”

“可是如果最好的医生也束手无策呢？如果我想死呢？你会让我安乐死吗？”

“我做不到…”

“我懂，因为你不想失去我，因为你不想失去它。

可是，你不是重点，他才是重点，

不是你想要什么，是它想要什么，

你应该给它，他想要的，

你这么硬留着它，很残忍，很自私。”

“可是，我把它从小养大，它像我的孩子一样，

谁能亲手杀死自己的孩子啊？！”

“你不是在杀死它，癌症在杀死它，

你是在救它，不再让它被癌症折磨，是让它解脱。“

“可是我就是做不到啊…”

“它知道的，你看看它，它知道它自己快不行了。

你该做你该做的事。”

— 194 —

狗没有偏见，他爱你，无条件地爱你，

不管你是什么信仰，

不管你早出晚归，

不管你贫穷富贵，

它始终在你左右。

Knox陪我走过了人生中最黑暗的8年，

当我没有任何人的时候，

它始终都在；

当我难过的时候，

它都能感受到我的痛，他会舔舔我的手，靠着我。

我没有教会它什么是爱，

是它教会了我什么是爱。

好像这就是它的使命，上帝给它派了个使命，

陪我度过低谷，

现在，它的使命已经完成了，

我应该，

放它自由。

— 195 —

1月24号。

“你给兽医院打个电话，在周六约个时间吧。”

“好。”法法知道我自己说不出口。

— 196 —

1月26号。

Knox现在走路已经变得很慢了，

我把他抱起来，放在汽车后座，

法法开车，我和Knox坐在后座，我抱着他。

一路上，我都没说话，法法也没说话。

到了兽医院，我一路把Knox抱进去，

放在医生的桌子上，让他躺下。

那个装满粉红色液体的针管，和传说中的一样，粉红色的，

看见那个针管，我的视野顿时就模糊了。

“道个别吧。”医生说，他拿这那针管准备注射。

“Knox，”我抱着他的头，开始抽泣，

“谢谢你，妈妈谢谢你，陪了妈妈这么久，这么乖，

你是只好狗，妈妈…会…会想你的。

你现在就要去那边了，”

Knox的眼睛开始没有神了，药性开始发作，

“你…你现在就要去那边了，我爸爸也在那边，他会照顾你的。”

我放下他的头，摸着他的毛，“不要忘记我啊。”，

它走了。

我觉得，我的一部分也随着他一起死了。

法法拍拍我的背：“You did the right thing。”

“你要把尸体带回家，还是在我们这里处理？”兽医问，

法法看着我，我说：“你们处理吧。”

“你不想把他带回家，埋在后院什么的？”法法问我，

“那如果我们搬家呢？

而且，我不要每次看到后院，就被提醒到这一天。”

我解下Knox的项圈，带回了家。

— 197 —

我们都以为，我们生活中那些重大的变化都是随着时间的推移在慢慢的发生，

其实，相反。

大转变瞬间就会发生。

当我们成为一个成年人，成为一位妻子，成为一个家长，

上一分钟你还不是，下一分钟你就是了。

有的时候，我们都不知道这些瞬间发生在什么时候，

你觉得你还是你，你的生活还是你的生活。

直到有一天你醒来，

环顾四周，

你发现你已经什么都不认识了。

33

Ellie 2.0

— 198 —

我们一直都不停地在想新方法来修复自己，

我们改变，我们适应，

我们推出新版本的自己。

麻烦的是，

我们有多肯定新版的自己比旧版的自己更好？

— 199 —

1月30号。

法法下班回家，看见我在做饭，

“你这是做饭呢？太阳打南边出来的么今天？”他忍不住调侃我，

我早就知道他会是这个反应，

“搬家的时候，你看到了最‘赤裸’的我，

上个周末，你看到了最脆弱的我，

你已经看尽了我最糟糕一面，

所以，现在给你看优秀的我，

下厨的我，

全新的我。

而且，我现在和我妈的关系也好转，

我们都还活着，

生活很美好。

我伸出双手，做出拥抱的姿势。

“这是一个全新的我，开心的我。”

他完全没有要过来拥抱我的意思，放下了他的公文包，

“你喝多了吗？还是这是你节哀的方式？

我现在应该要担心什么吗？”他满脸疑惑地看着我。

我收回双手，“没有啦，新的我很阳光，

我觉得我过去都太消沉了，太黑暗，

我想改变，我想阳光，

至少阳光一段时间。”

他傻笑：“那我们的部分生活能不能保持很黄很暴力的路线？”

被他逗笑，“哈哈哈，当然。”我抓抓的他头发。

—200—

2月3号。

和七七在Mojo，

“有什么新鲜事儿？”她问我，已经一个多月没见了，

“我，全新的我！”我很自豪地说，

“全新的你？”她皱眉，

“对，全新的我，

一个和她母亲和好的人；

一个和她深爱的男人住一起的人；

一个阳光灿烂，不再怨天怨地的人。”

“一个用第三人称介绍自己的人！有病啊你！”被鄙视了。

“呵呵，不好意思，就那个意思。”我微害羞，Mojo的那只猫又跳到我的腿上。

“所以你现在是那种去电影院会买冰激凌和爆米花，然后跟着音乐剧一起唱的人吗？”继续被鄙视，

“也没那么夸张，不过我前两天给法法做了一顿晚饭。”

“不容易啊！”她鼓掌，

“谢谢。”我笑着鞠躬敬礼。

“他没拉肚子吧？”七七坏笑着继续损我。

“应该没有吧。”我心虚，低头摸着猫的毛，

“你在干嘛？你干嘛摸它的毛？”她今天是瞄准我了，

“就…就和它玩啊。”

“可是你根本就不喜欢猫，ok？！”

“过去的我不喜欢猫，”我抬头自豪地说，“但是现在的我起码会试着去喜欢猫。”

猫跳下去，走了。

七七瞥了一眼猫的背影，“我能弱弱地问一下，你为什么要这样？”

我舒了一口气，解释：“恩…，我和我妈开始重新建立我们的关系，

我的感情生活也第一次这么一帆风顺，

我没什么好不开心，好抱怨的了，

我应该是开心的，

我就是开心的，

所以，这是一个开心的我。”

“不是，这是一个开心的…”七七指着我，“我不知道这是一个开心的谁，

反正不是你，我是不会和这个人做朋友的。”

“哎哟，拜托，不要这么消极好不好，一直这么消极很累。

开心地过日子会比较容易，不是吗？”不知道我是在想说服七七，还是说服我自己。

“我一直都是开心地过日子，开心并不代表说话的时候背后一直闪着彩虹，

你这不是开心，你是在演你认为的开心是什么样子，

坦白说， 这个样子有点可怕。”

“好吧…，”我喝了一口拿铁，“那我稍微低调些，不过你明白我的意思嘛。”

“我懂。”她微笑。

— 201 —

2月14号。

今天是情人节，和法法第一个情人节。

我买了一大束玫瑰，把家里点满了香油，放着Mariah Carey的情歌，等着法法回家。

他还没开门，Astro就叫了，我很紧张，

“我回来啦，情人节快乐！”走廊传来他的声音，

“Salut, mon amour（嗨，我的爱人）”我开始用生硬的法文说，

“你干嘛呢？”

我举起我的手，竖起食指，示意他等等，

我继续我蹩脚的法文，我在线翻译的法文，

“今天是情人节，你是我的情人，

我告诉我爱你，我…”我忘词，从口袋了掏出写着法文注音的纸条，

“我爱你，我很幸运遇到你，虽然这是第一个情人节，但是许愿有更多的情人节。”

我把怀里的玫瑰花递给他，

他强忍着不笑，接过花，“这很甜蜜，很贴心，也很尴尬，

很浪漫，但是很尴尬！

因为这不是你！

我不知道是因为Knox死了，这是你节哀的方式？

还是你以为我希望你变成这样一个‘阳光灿烂’的你？

但是，我告诉你，你会没事的，

就做你自己，那个旧的自己，那个黑暗但是幽默的自己，

那个让我坠入爱河的自己。

不用担心我，我能应付的了那个黑暗的你，

就做你自己，it’s OK。“

我有点感动，也有点丢脸，“所以你不喜欢这个新的我咯？”

“我很高兴你想改进自己，想为我做一些甜蜜的事情。”

他把花放下，拨弄着我的头发，说：

“但是我能在你脸上看到你是多不情愿，连你自己都没发觉到的多不情愿。”

“那你不早点说！都这么多天了！很辛苦好吗？”我甩开他的手，

“呵呵，坦白说，我没想到你能坚持这么久！”

“哦。这是你的礼物。”

法法拆开礼物，“这是…？”是一张Guns N’ Roses绝版的CD，

“恩，精装版哪都买不到，这个还是我让朋友从香港带的。”

“你怎么知道我要这个？”他睁大眼睛惊奇地问我，

“你告诉我的，前年，

我生日后，光棍节那天，你告诉我的。”

“那么久了，你还记得？”

“我当时写在我的手机里面了。”

“你写下来的？”

“我是写杂志的，写东西对于我来说很平常。”我想轻描淡写地带过，

“你当时就爱上我了？”他笑了，

“我当时正好在用手机…”我逃避他的视线，

“你当时就爱上我了！”他扭过我的头，逼我看着他，

“…”

“这就是我爱你的原因，这个你，这个旧的你，请你做这个你！”他吻我，

我拥抱他，我淡淡地说，

“我真的好想它。”我很想念Knox，没有它我很不习惯，

“我懂。”法法又亲了下我的耳朵。

— 202 —

今天我们一个情人节。

“旧的我回来了！”我按着他的双手说，

“I am back, honey。”我笑！

“这才像话。”他咬着嘴唇扭动着他的身体，

我闭上双眼。

“和我一起回巴黎一趟吧。”

“哪都行。”

— 203 —

我们改变，我们适应，

我们推出新版本的自己。

但是，当新版的自己不如旧版的时候，

我们要勇敢的退一步，退一步才是进步。

34

巴黎

Somewhere over the rainbow

— 204 —

出境旅游总有一种很与众不同的感觉，

一个你从来的没有来过的地方；

一个没有人认识你的地方；

一个你可以疯狂的地方；

一个你可以全心全意做自己的地方；

甚至，一个你可以全心全意做任何人的地方。

— 205 —

3月2号。

“Bienvenue à Paris! ”

飞机落地的时候，法法温柔地对我说，欢迎来到巴黎。

窗外，晴天。

飞了快30个小时，我眼睛有点肿。

“是你姐来接我们吗? ”

“是啊，她很迫不及待要见你哦，不过她英文不好，你要耐心点。”

“你以为你英文很好哦。”我损他。

他不介意。

“有什么关于你姐的，是我需要知道的? ”我主动要求预防针，

法法扳着手指很认真地说，

“恩，她今年33了，不过不要提关于年纪的事，

她说话很直接，有点像你，不过可能比你还直接，

她和她男朋友在一起已经十年了，有个5岁的儿子，

那男的还没求婚，所以别提结婚的事。”

"她没像你一样，一直哭着闹着要结婚？"我吐槽，

他笑："我哪有自己闹，也不知道是谁又要纹身，又要把她爸的戒指给我。"，

我握着他的手。

窗外，充满可能。

— 206 —

"快来给我抱一下。"K姐把法法拉进怀里，

"嗨，我是Clara，快给我个拥抱。"K姐也给我一个拥抱。

从机场去K姐家的一路上，K姐一直都和法法说法文，

也会偶尔地说一两句英文顾及一下我，

不过，我都不介意，我目不转睛地看着窗外，生怕错过了巴黎的什么。

— 207 —

K姐家在巴黎的八号区，是一个很好的区，

在塞纳河的右岸。巴黎歌剧院，凯旋门，香榭丽舍大街都在这个区。

K姐的公寓在二楼，外观很古典的建筑，室内的装潢却很现代。

K姐的男朋友下楼来接我们，抱着他们的儿子，他叫Vincent，长得很老实的样子。

简单英文的寒暄之后，他们三人又用法文聊上了。

我抱过那个5岁的小孩，很好玩。

我把行李放去客房以后，就去洗手间换下一身衣服。

"现在下午快4点，你想出去走走吗？还是太累了？"法法问我，

"当然要去走走！"我迫不及待，"很累是很累，但是我好想去看看巴黎。"

"好啊。"他笑着，无奈地看着像小孩子一样的我，

"Merci。"我用事先学好的法文谢谢他。

— 208 —

香榭丽舍大道被称做法国最美的街道，

街道上都建筑都受了巴洛克风格的影响，

一条笔直的路，

可以隐约地看到远处卢浮宫的金字塔。

“你有没有觉得我很白痴？”我转身一边倒退着走，一边问法法，

“怎么说？”他揉揉疲倦的眼睛，

我看着四周，“在你看来应该都觉得很平凡，但是我看到什么都觉得很美很神奇。”

他禁不住地笑了，“是挺平凡的，不过却从来没在这座城市看到过你啊，

你现在站在这个城市里， 它就更美了。”

“肉麻！”

他总是能说一些讨喜的话。

“你知道我最喜欢什么吗？”他拉住我，

“很黄很暴力啊。”

“我最喜欢的就是，当我认真地看着你的时候，

你也会认真地看着我，那种不会漂移的眼神，

比如现在。”

他靠过来，吻了我一下，就在这法国最美的街道。

— 209 —

“你有没有想过要一个孩子，将来。”我问他，

“这么突然？”

“就觉得你侄子很可爱啊，你说，如果我不能生，要不要领养一个？”

这种疑难的问题，我都不怕丢给他，他总是能回答得很好，

“呵呵，还是亲生的吧，因为孩子对于我们来说很重要。”

我眯着眼睛看着他，不太确定他具体是什么意思。

— 210 —

天黑以后，法法把我带到香榭丽舍大道上一家叫Le Laurent的餐厅，

K姐和Vicent已经在里面等我们了。

很高雅的餐厅，菜单上的价格让我倒吸一口气。

“喜不喜欢巴黎？”K姐问，非常客套的话题，

“当然，”貌似客套的回答，我却是发自内心的，

“很小的时候就知道，巴黎是全世界最浪漫的城市，一直都很想来。”

“那巴黎的男人呢？有没有同样高的评价？”K姐幽默地问，

法法一脸‘你给我好好地回答’的表情看着我，

“哈哈，我是没听说过这样的评价啦，但是认识Fabrice之后。嗯，巴黎的男人和巴黎一样的优秀。

大家似乎都很满意这个答案。

“Maman！”K姐对着门口招手，

一对有点上年纪的夫妻走了进来，都满脸的笑容。

“这是我爸妈。”法法在我耳边说。

我眼睛一下就圆了，咬着牙根对他说：“你没我说今晚就见你父母啊！”

他微笑地看着他父母，歪着嘴对我说：“我怕你紧张。”

“我现在油头垢面的，怎么…”

“挺好的，没事。”他用肩膀撞了我一下，我抬头一看，他爸妈已经就在我的面前。

这个乌黑秀发的女人，慈祥中透着一股犀利，她拥抱完法法后，过来抱我，

“你就是Ellie，久闻大名！”很浓厚的法国口音。

我赶紧在脑海里搜索那个法法曾经告诉过我的名字，“呵，您就是Marion！”，

“叫我maman，是妈的意思。”她拖着我的腮帮，用拇指抹去她在我脸颊上留下的唇印。

“OK，maman。”我对这来势汹涌的热情不知所措。

法法的爸爸叫Quentin，法法的middle name也就是这么来的，

和他握手之后，我准备坐下。

“坐我旁边。”法妈一把把我抓过去，

我坐下，除了笑还是笑。

大家开始都用法文开始交谈，法妈对我说：

“我知道你们两个是怎么认识的，Fabrice全都告诉我了。”她端着酒杯，指梢闪着鲜红的指甲油。

“是哦？”我不知道Fabrice告诉她的故事离真实的故事有多远。

“是啊，我告诉你，我们都不喜欢你之前的那个。”她指小白，

“自我感觉特别良好，到最后，还把Fabrice从我们身边带走了，跑到了那么远的地方去。

不像你，你看，你又把他带回了我的身边。”她又抱过我的脸，亲了我的脸颊。

我拿起酒杯敬她，“这点我们觉得一致，我也不喜欢他之前那个。”

“哈哈哈哈，”她转头对法法说，“这个我喜欢，幽默！”

— 211 —

晚饭的后半程，大家几乎都是法语聊天，

我有点被冷落，

尤其是看到他们说到什么好笑的事情大笑的时候，

我都不知道是要傻傻地陪笑，还是就傻傻的。

—212—

回到K姐公寓的时候，我已经很困了。

“刚刚晚饭的时候，我爸妈说，明天要去看我姥姥和姥爷。”

“啊？”我有点不情愿，我很想去看铁塔，看卢浮宫，看巴黎，

“不过他们也不会说英文，你一定很无聊，不如你自己就留在巴黎逛逛吧 。”

“哦。”

“你一个人OK吗？”

“没事啦，是一整天吗？”

“他们住巴黎外的一个小镇，火车要1个多小时，我们中午走，当晚就回来。”

“哦，没事，我自己去逛卢浮宫。”

“恩，乖。”他亲我一下便去洗澡了，

我转身就睡着了。

—213—

3月3号。

巴黎还是很美，

不过没有法法，它好像真的没有昨天美了。

35

My name is Ellie 2.0

－214－

3月3号。

一个人晚上走在巴黎的街道上，

可能是我看太多电影吧，

我觉得很有意境，很美，

巴黎的建筑真的是，让人叹为观止。

我站在一家星巴克门外抽烟，一个亚洲男生走出来，

一个又黑又高，圆寸的男生，

咦，那不是?

我对着他招招手，

他疑惑地看着我。

“Hey，你是Elle的朋友，是吗?”我上前和他说话，

“对啊…你是?”他微皱眉头，

“我去你店里纹过身!”我掀起衣服给她看，

他吓一跳，尴尬地看了一眼，

“哦~”他想起来了，“你是那个和你男朋友来我店‘结婚’的那个人!”

“是的。”

“这么巧，在这碰倒你。”

“对啊，我陪Fabrice回来看看他家人，你怎么会在巴黎?”

“哦，我有个好朋友她在Miu Miu工作，每年巴黎时装周，我都会来看她的秀。”他拿出一根烟，

“真的哦，好高端。”我拿出我的火机，给他，

他接过来点上了烟，一股香水味，拌着一丝咖啡味，

“还蛮好玩的，明天就是秀，欢迎来啊，不过现在肯定都没票了，不过你可以来

后台。”

“真的吗？那真是太好了！”

“Ok啊，你电话多少？”

“021，717，9381。”

“怎么称呼？”

“My name is Ellie。”

“I’ m Tony。”

后来我还了解到，

他是上海人，离婚过，现在单身。

可能是巴黎，

我觉得他很文艺 。

这个中文名叫‘天’的纹身男孩，我叫他小天。

—215—

小心翼翼看着地图回到家。

“你都去哪了，一个人在外面那么久？”

“我下午去了卢浮宫，

后来有去看了铁塔，

然后迷路了快一个小时，

找了个意大利餐馆吃的晚餐。”法法亲我，

“哦，对了，”我推开法法的脸，

“我碰到了那个给我们纹身的那个男生，他叫Tony。”

“是哦？这么巧？”他帮我拖去上衣，

“恩，所以就和他聊了很久。然后，我明天要和他一起去看Miu Miu的秀，可以吗？”

“他能带你进去？现在应该都没票了吧？”他脱去自己的上衣，

"他朋友在那工作，他每年都来看时装周。"我脱下牛仔裤，

"好吧，"他本来有点不情愿的，但是又突然温柔地说，"你第一次来巴黎，就去好好地感受巴黎吧。"

"你说我应该穿什么？"

"Karl Lagerfeld 曾经说过，万能黑色小礼服。"亲，

（原句：One is never overdressed or underdressed with a Little Black Dress - Karl Lagerfeld）

"成。"

"Did you miss me today？"他压在我身上，

"Every second。"

—216—

3月4号。

小天的朋友鬼使神差地给我弄了个座位，

第一次来到这么高端的秀场，我很兴奋。

秀开始前，我终于忍不住，问他，

"你之前离婚，是怎么回事？"

"等我们再熟一些，我再告诉你。"他摸了摸腮帮的胡扎，

"也是。"我承认自己有些唐突，不过还是好奇，

"所以，知道将来怎么办？"

"什么怎么办？"

"就是还相信爱情吗？还会结婚吗？"

"恩，以后，走一步看一步吧。"他打量着周围来来往往打扮抢眼的女生，

"呵呵，还是没玩够是吧？"我笑，

他转头看着我，"呵呵，你想太多。"

那一刻，

当我认真地看着他的那一刻，

他也认真地看着我，

那种不会漂移的眼神的一刻。

灯灭了，

秀开始了。

—217—

出了秀场，

时间：下午4点45分。

短信："你什么时候回来？"－法法。

"怎么样？觉得好看吗？"小天问我，

"不错啊，他们家的东西比较商业化，没有那么难懂。你现在去哪？"

"我朋友还要在后台收拾，所以我这个小时没什么事做，干嘛？"

"要不我们走走吧？"

"哦。"

时间：下午4点46分。

回复："还不知道，你不要等我吃晚饭了。"－我。

—218—

"为什么会选择纹身当职业？"

"为什么不呢？"

"嗯，在华人看来不是什么特别…你知道，不是很体面的工作。"

我很想找一个温和的字眼，生怕冒犯到他，不过未遂。

“人只活一次，不是吗？”他斜我一眼，淡淡地笑了一下，

“是应该做一件大部分人都向往的工作，还是应该做一份自己向往的工作？”

“是没错，所以我其实是想问，你为什么向往这份工作？”

“纹身和时尚是一样的，都是穿在身上的艺术。”

“那像我这样跑去你们店，只是纹一行字的，是不是特别不艺术？”

“从我的角度来说，当然没什么挑战性，不过，挺甜蜜的。”

我傻笑，

“所以你们现在到底是算结婚了？”

“法律上不算吧。”

“为什么不呢？”

“特别形式，难道你不觉得？”

为什么我们对彼此的承诺一定要经过法律的肯定才有意义？

难倒没有法律肯定的承诺就不能长久吗？

有法律肯定的就一定了？”

“是一种表达方式吧。

在法律上结婚是人们对彼此最高形式的承诺，

最高形式的表达。”

“借你一句话，

是应该做一件大部分人都向往的事，还是应该做一件自己向往的事？”

“可是这是两个人的事哦，

那如果你的另一半说，如果你想结婚，就要分手呢？”

“我会觉得这样有点幼稚，但是最终应该会妥协。”

他电话响了，他秀场的朋友弄完了。

“我们要去吃晚饭了，你要一起来吗？”

“我还是回家看看Fabrice在干嘛吧。”

“哦。”

—219—

回家，还没进门就能里面放了夜店类的音乐。

一进门，屋里的暖气开到了最大档，法法和两个男生穿着背心和T恤在客厅里抽烟，

“嗨，babe!你回来啦！”法法很high，

“我给你介绍，这是Francois，这是Rami，他们是我在巴黎最要好的朋友们。兄弟们，这就是我的中国老婆。”

我和他们握手。

不经意的，我看见了咖啡桌上的一个小塑胶袋，里面有点粉末，

“你姐姐，姐夫呢？”我问法法，

“他们下班以后就直接去吃饭了，之后还要去看话剧，挺晚才会回来。”

“你们呢？一晚上都就这么…这么high下去？”

“一起来嘛。”

我看着他，看着那两张陌生的脸孔，想到前天晚上满餐桌的法文。

我说：“我就回来拿个外套，我晚上要请Tony和他的朋友吃个饭，答谢他们让我看秀。”

“哦，行。”他吻我，

因为high吧，他拉着我吻很久，我却不安定地睁着眼，

眼角意识到那两张陌生的脸孔，我推开法法，尴尬地假笑。

匆忙回房间拿了件风衣，对着客厅挥了挥手，我便离开了。

－220－

时间：晚上6点40分。

短信："Fabrice不在家，你们在哪吃晚饭？我来找你们。"－我。

我站在K姐公寓楼下，一点失落，一点忐忑，一点兴奋。

36

瘾

Addiction

—221—

上瘾，每个人都有过，

看某个电视剧上瘾，看通宵；

吃某个零食上瘾，天天吃；

烟，酒，甚至对一个人，我也会对那个人上瘾。

—222—

3月21号。

饭后几杯酒后，法法又拿出了那个小塑料袋，

“…不要吧，今天礼拜四，明天还要上班呢！”我十分抵触，

“哎哟，今天是我生日嘛，来嘛！”他打生日牌，

我不情愿地吸了一点点。

很快，抵触的感觉顿失，变得血脉膨胀，

除了激情，还是激情。

—223—

3月27号。

下班回家，进门之前，一个男生匆匆忙忙地从正门走出来，

“Hi。”擦肩的时候他礼貌地打了下招呼，

我愣了半秒，“Hi。”

他匆忙地走了，钻进他停在路边的车。

“那人是谁啊？”我进门后立刻开问，

穿着围裙在厨房做饭的法法说：“哦，那是我的卖家，我粉都是他那儿买的。”

我皱了下眉，：“你最近玩得有点太频繁了，别过了啊。”

他向来都很有分寸，我也只想点到为止。

“不会的。”他头也没回的继续做饭。

— 224 —

3月30号。

“一起来吧。”法法坐在床沿对我说，

“不要。”我很斩钉截铁，我已经开始有点气愤，

“来嘛，你上次很享受啊。”他毫无察觉事态的严重，

“那次是，那次我很享受过，

现在已经不好玩了，现在是有点可怕，

因为你有点失控了，你不要再玩了。”

我从来没有想到，我会成为感情里苦口婆心的那个人。

“你是在告诉我要怎么做了？”他呛了。

“不是。”

“我向来都让你做自己，你倒来告诉我要怎么做？！”音量开始大了起来，

“我不是告诉你要做什么，我是告诉你不要做什么！”

“有什么区别？！”

“告诉你要做什么是，告诉你多吃蔬菜少吃薯条！

告诉你不要做什么是，告诉你不要毁了你自己！

不要毁了我们，你在伤害我们的感情，你在伤害我。”

“你？又是你，什么都要围绕着你转！

我知道你小的时候你爸死了，18岁时候你妈又离开你了，

但是，不是什么都是关于你！”

他这一句很伤人，不过我还是尽力压着情绪，

“这不是关于我，这是关于你！”

“关于我什么?！”

“关于你已经上瘾了却还在自欺欺人，你正在往一个很危险的方向走下去，我必须阻止你，

因为我让你走进了我的生命，因为我爱你，

因为这必须…，你和我，我们必须在一起，

因为我觉得你是我唯一的希望，我幸福的可能，

你让我觉得幸福，求你不要毁了我的幸福。”说着说着我有些酸，

“你看吧，又是围着你转！”他继续蛮横，

“我求你，我求你不要再玩了，不是为了我，为了你自己。

你曾经是一个活生生的人，一个甜蜜有爱心的人，

我眼前的这个人，不是那个人。”

“你不要一起来的话，就给我出去！”他站起来，蓄意要关上卧室的门，

“你在开玩笑吗?！”我一手堵着门，

“Get the fuck out！”他还硬把门推上了，

“You fucking idiot！”我用力地踢了门一脚。

— 225 —

第一次这样的大吵，我很不习惯，

我需要去我的世外桃园，

可是我的公寓已经不在了，

我也不想去Diamond，

因为满船都是法法的影子。

我要去一个让我暂时看不到他的地方，

开着灯，也看不到他影子的地方。

— 226 —

时间：晚上7点52分。

“喂？”

“喂，嗯，是我，Ellie。”

“我知道啊。”

“你在忙吗？”

“不忙啊，干嘛？”

“…，要不要出来喝东西？”

“我都洗完澡了在家，不是很想出门。”

“哦…那算了。”

“有什么事情吗？”

“就有点不开心，然后，七七这周不在奥克兰，所以，我…”

“那你来我家吧。”

“啊？方便嘛？”

“方便啊，我就是懒的出门。”

“哦，好。那你把你家地址发过来”

“行。拜拜。”

“拜拜。”

时间：晚上7点54分。

短信：“3C/17, City Road。”－小天。

回复：“15分钟到。”－我。

— 227 —

开门，

小天就穿着睡衣，

刚洗完澡的样子。

“所以怎么了？”他问我，

我不知道从何说起：“有一件事情，他想做，而我觉得他不应该做。”

“合法吗？”

“不太合。”

“伤人伤己吗？”

“伤。”

“嗯，这是我的原则，所谓的做自己，你的确是可以做你想做的任何事情，

不过有两个前提，一是要合法，二是不能伤人伤己。”

“对啊，可是，他就是不听啊。”

“要是不听的话，吵下去也没意义，

可能你就得赌一把，就让他这样下去，

等他跌到谷底的时候，他自己就会做个决定，是回头是岸，还是破罐子破摔。

到了那个时候，你的选择也就很明显了。”

“可是我现在就不应该管他了？”

“你可以试，不过，你越管他可能越叛逆吧。”他好像完全猜到我和法法的问题什么。

“恩。”

“不过，这只是我的个人看法，你可别采纳了之后又怪我。”

“呵呵，不会的。”

— 228 —

那天晚上我们聊了很多，

他说的很多都很有道理，他很理性，

他就好像是我，性格思维都像我，

好像是另一个我，住在一个男生的身体里的我。

— 229 —

接下来的几周里，

但凡法法恶习又犯，

我就会出去，

会去找小天，

他都能帮我分心，他成了我的世外桃源。

— 230 —

瘾，每个人都有，

烟瘾，酒瘾，毒瘾都很容易察觉，

当局者都知道自己在一而再，再而三地放低自己的底线。

而对一个上瘾人，

当局者迷，

这种瘾，可能比毒瘾还毒。

37

生死离别

What the hell

— 231 —

人的一生充满了选择，

其实，

我们的一生就是由选择而组成的。

开，还是关；

上，还是下；

要，还是不要；

去，还是不去。

其中不然有些重要的选择，

爱，还是恨；

争取，还是放弃；

活着，还是死去。

这些都是重要的选择，

可怕的是，这些选择偶尔并不在你的掌握之中。

— 232 —

4月23号。

下班回家，

“我回来了。”没有人回答我，

可是法法的车明明就在车库里。

我摸了摸Astro的头，

“Farbice? ”

依然没有回应，

我顿失就火了，他一定是又在楼上房间里high。

我冲上楼，打开门，

他就躺在地上，一动不动，

我大声，“给我起来！”

还是没有反应，我走过去，蹲下来，拍拍他的脸，

他微微睁眼看着我，眼神恍惚地看着我，什么都没说，

他的呼吸很弱，

我知道，他吸过量了。

我掏出手机：“喂，我需要一辆救护车，

男性，一名男性，有呼吸困难 … 地址是 20 Summer St，好，谢谢，谢谢。”

我扶着他下楼，等救护车，

我跪着，把他的头放在我的腿上，

就这样抱着他，求他不要停止呼吸，求他不要停止心跳，

“你听得到我说话吗？”我对他说，“你会没事的，你会没事的，”

他那微睁的眼睛慢慢地闭上，

“不要闭眼！看着我， 看着我，不许睡！”

我很怕，很怕，

可是也很恨，

有那么一秒，我希望他死，希望他不要再折磨他自己，不要再折磨我了。

就那么一秒，然后我又开始担心。

他的眼睛还是渐渐地闭上了，

难倒这一幕又要在我的身上发生吗？

我的手已经无法感受到他的心跳了，

我用耳朵贴在他的胸口，

“Fuck！”法法的心，不跳了。

“Oh，GOD！Fuck，fuck，fuck！”

Astro被吓得跑到自己的窝里，趴着。

一瞬间，我觉得我也不能呼吸了，

一瞬间，我的脸已经湿了，

我用拇指掐他的人中，

我试着给他做人工呼吸，

“醒醒啊，你醒醒啊。

你不能死，不准死，

你个王八蛋，

不准死！”

那一瞬间，很漫长。

远处传来救护车的声音，

我冲出门外，对他们挥动着双臂。

“他停止呼吸了，心跳也停了！”我对救护员说，

“停了多久了？”她跑到法法旁边，

“两三分钟。”

她开始给法法做人工呼吸，

我十指紧扣，咬着大拇指，看着地上的法法。

另一个人推着担架跑来，

“你知道事故的原因吗？”他问我，

我愣了一下，“…我不知道，我回家的时候他就这样躺在地上。”

“OK，有脉搏了。”救回来了，“赶紧的。”

他们把法法抬上救护车，

我锁上家门，跳上救护车。

— 233 —

我在救护车上，握着他的手，

“你和他什么关系？”她问我，

我看着法法，一脸苍白的他，

“我是他妻子。”

“这个表格填一下。”

— 234 —

法法进了手术室去洗肠。

我知道医院已经知道法法是吸食过量而昏迷，

我也知道医院会通知警方备案。

所以，我得回家，把他剩下的粉都丢掉，

我，没有选择。

— 235 —

我在床头柜了翻出那些小塑料袋，

把粉全都到在水池里，

欲要打开水龙头的那一刻，

我停住了。

我用手指拿起一小撮，放在左手的手背上吸。

打开了水龙头，

冲走了剩下的。

我走去客厅， 躺在底板上，

我觉得好像我的世界就在慢镜头中，

而外面的世界都在快进，

我不想动，

我就想回到过去，回到一切都是正常的时候，

而不是这么可怜兮兮地躺在客厅的地板上一动不动，

我想回到他能抱着我，告诉我，就算我是个冷冰冰的人，也有值得他爱的时候，

而不是这么苍白地躺在那个病床上，不知道什么时候会醒来。

可是，可是我回不去，

我也不知道要怎么往前走，

我就这样卡在这里。

我不知道我该做什么，

我不知道我是不是应该哭，

是不是应该呐喊，

我不知道别人问我心情如何的时候，我该说什么，

我不知道怎么扮演这个人，

我不知道这个人是谁。

— 236 —

4月24号。

法法醒了。

他缓慢地眨着双眼，舔着干涩的嘴唇，“我这是在哪啊？”

我倒了杯水给他，“在医院。”

“怎么在医院？”他竟然都没有记忆，

“因为你死了。”我冷冰冰地说，

“我死了？”

“你吸过量了，然后你死了，死了三分钟，

你心停止跳动了三分钟，

你让我痛不欲生了三分钟。

…”我无法再保持平静。

“我本来对自己说，当你醒来的时候，不对你发火，

但是，我做不到，

我TMD非常火，

因为你太不负责任了，你完全没有考虑过我，

你想干什么就干什么，干得自己都要把自己弄死了，

就这样留下我一个人，一个人！

那三分钟，是我这一生最痛苦的三分钟，

痛得…，”隔壁床的病人看过来，我不得不压低声音，

“你让我那么痛苦，还不如当时就死掉算了，

我现在也不至于这么生气，

我现在就会给你写你的悼念词，想着你的好，想着我们那些美好的回忆，

而不是站在这里，很火，也很不知道我们接下来要怎么做！”

“我明白，我让你遭罪了。”他点眼中一丝内疚，

“不，你不明白！

你在手术台上的时候，你隔壁病床的那个人死了，

医院不知道他是不是器官捐献者，所以就问他的老婆，

他的老婆也不知道，她就坐在那哭，

她就坐在她尸骨未寒的丈夫面前一边哭，一边决定要不要捐献他的器官。

后来我突然想到医院会和警方备案你的吸食过量，

我就得赶紧回家把你剩下的那些粉都给处理了！

回家的一路上，我满脑子都是，

如果你死了，如果他们问我要不要捐献你的器官，我要怎么做，

我不知道怎么做。

我就停在路口，看着红绿灯发呆，我浑身都没有感觉，很木，

直到停在我后面的车子对我按喇叭。

我回家，我很想哭，可是我哭不出来，我…

然后，你现在醒过来，好像什么事情都没发生一样，

而我，我好像自己去了地狱一趟，又回来，

所以，你不明白，你不会明白的。”

“亲爱的，对不起，那是一个意外。”

“这个世界上没有意外，只有机率，你这样下去，再过量的机率还是很高的。

我之前不知道怎么说服你，我想等你跌到谷底，你就会回头是岸。

现在，这是就谷底，你不能跌得比这再低了，再低就是死了，

而我，也就不能再陪你走下去了。”

“我改，真的，请相信我。”

“你必须改，你要是不改请你对我仁慈一点，请你离开我，因为我不能离开你，

因为你现在需要我。”

他没有说话。

“医院下午应该就会放你出院了，我现在去上班了，晚上家里见吧。”

我拿起包，转身离开。

—237—

人的一生充满了选择，

可是有些选择并不在你的掌握之中，

那时，你剩下的就只有希望，

希望那个躺在你怀里的人不要死。

希望那个跌到谷底的人回头是岸。

38

哀悼

Grief

— 238 —

4月24号。

我没有回去上班，我跑去Nothing but Ink找小天。

“你怎么来了？”小天没想到我会去店里找他，

“他死了。”我面无表情，

“什么?！”他放下手上的图册，把我拉到店门口，

“他吸食过量，他死了三分钟。”我拨了拨已经很乱的头发，

“你吓死我了！”他推了我一下。

我掏出一支烟，“他走进了我的生活，

他逼我爱上他，

然后他死在我的怀里，三分钟。

他把我弄坏了，

而我不知道怎么把自己修好。”

他为我点上烟，也给他自己点了一根，

“他会把你修好的，

他现在已经是跌到谷底了，接下来就只有好转了。

等他慢慢好起来，就都好了。”

“如果不好转呢？”我吐着云烟，望着他。

“如果不好转？那他就不是死了三分钟，对于你来说，他就是彻彻底底的死了，

因为他已经不再是那个人，你爱的那个人已经死了。”

“那我要怎么吧？”

“你哀悼你的过去，然后你继续明天的生活。”

天开始下雨，很小的雨，轻轻地飘在脸上很舒服，

雨滴停歇在他的眼睫毛上，晶莹剔透。

— 239 —

时间：晚上6点43分。

“喂？”小天接听我的来电，

我躺在客厅的沙发上，我已经用尽了身上剩下的最后的卡路里，

我无气无力地说，“他走了。”

“什么叫他走了，医院不是把他救回来了嘛。”

他应该在收拾器具，准备下班，电话那头有金属碰击的声音，有点吵，

“他没死，他走了，他离开了。”我看着天花板，角落有一只蜘蛛，

“你底说什么啊？”

“我到家以后，他不在家，他的车也不在车库，

他的行李箱也不在了，衣橱了的一些他的衣服也不在了，

微波炉上贴了一张纸条，说‘房子给你了，好好照顾Astro’。”

“可能他只是去哪，自己单独呆几天，清理一下思绪？”电话那头的金属音没有了，

“我对他说的最后一句话是：‘如果你不改，请你对我仁慈一点，请你离开我’，

所以他听我的话了，他终于决定听我的话了，他离开我了。”

“你给他打电话了没？”

“打了，直接就进语音信箱了。”

“要不报警？”

“他不是失踪，他是离开了，他去了什么地方，一个人。

他走了，我自由了，我恢复自由了。”

房顶角落那只蜘蛛在忙碌着什么。

—240—

我记得我爸葬礼的那个早上，我很担心我哭不出来，

我很担心我在葬礼上哭不出来，然后别人会以为我不是一个好女儿。

我当时也不知道为什么，就是没有很难过，没有很想哭，

不过，葬礼上我还是哭了，因为我周围的大人都在哭。

之后有一天，

母亲让我把家门口爸爸的几双鞋子收起来，

收的时候我哭了，

因为那一刻，才感觉到这都是真的，

那一刻，我才知道，

他真的走了，

他再也不会回来了，

我永远不会再见到他了。

所以，我没有收拾法法的任何东西，

我们的房间，还是他离开那一天的样子，

浴室里还放着他的牙刷，他的刮胡刀。

这样，我才觉得，他还是会回来的，

有一天，他会走进那一扇门，

所以，我没有哭，

因为没有值得哭的点，

因为他还是会回来的，

我要做的只是等，

耐心地等。

—241—

4月25号。

时间：早上9点20分。

短信："你在干嘛？"－小天。

回复："我躺在客厅的地板上发呆。"－我。

回复："不用上班？"－小天。

回复："不想。"－ 我。

回复："要我来陪你吗？"－小天。

回复："20 Summer Street。"－我。

—242—

有人敲门，

"没锁。"我说。

小天走进来，Astro跑过去叫，

"这就是Astro吗？"

"嗯。"

他也躺下来，就躺在我的左边，

他看着我，"你好点没？"

"没有。"我看着墙角那个蜘蛛，它在织网，

"有他的消息吗？"

"没有。"

他身上一股淡淡香味，飘过来，

"你有联系他的朋友吗，或许他回法国了？"

"说什么呢？我把我丈夫搞丢了，请问你有看到他吗？

如果你看到他了，请帮我问问他要不要和我离婚。”

我的语气很平和，但是还是能听出来那股冲意，

“你觉得他在干嘛？”

“我不知道，我没那个精力去想。”

“那你准备怎么办？”

“你今天好唠叨。”我终于忍不住瞪了他一眼，

“对不起。”

他抿了一下嘴，没有再说一句话，就静静地陪着我躺着，

Astro也安静下来，趴在我的右边。

— 243 —

他看了看他的手表，“快12点了，我要去上班了。”

他站起来，俯视着我。

我还是傻傻地看着天花板，

我麻木的身体好像感受到了什么。

他走了。

后来，他的香味也走了。

— 244 —

4月26号。

时间：早上9点31分。

短信：“还躺着呢？”－小天，

回复：“恩。”－我。

回复：“吃东西了么？”－小天。

回复："吃了。"－我。

回复："吃了什么？"－小天。

回复："麦片。"－我。

－245－

"我给你带了点吃的。"小天推门进来，

他把皮蛋瘦肉粥放在餐桌上。

"今天有想要说话吗？"

我摇了摇头。

他就静静地躺在我的左边，陪我看着天花板。

那个蜘蛛的网已经织好了，不过它还什么都没抓到。

快到12点的时候，他走了，

走之前，他摸了摸我的头。

麻木。

－246－

4月27号。

一个早上我都在等小天的短信。

时间：早上11点12分。

短信："我今天晚上下班再来看你。"

－247－

Astro对着门叫，我知道小天到了。

"我今天带了Pizza哦，你好像最近没在在意身材这件事吧？"他想逗我开心，

“你为什么要来陪我？”我昨天就想问他了，

“你现在需要身边有个人吧，就算一句话也不说。”

“你是个好人。”

他躺下来，

“你记不记得你在巴黎的时候问我为什么离婚？”他的语速慢了下来，

“记得。”

“我结婚一年就离婚了，是她要和我离的，

她说从来都没爱过我，只是图我人好，但是她最终还是觉得这是不够的。

我觉得很丢人，所以我没有告诉任何人，我就说是我要离的。

所以我就一个人，承受了很多痛苦。

我知道在无助的时候，即使什么都不想说，也希望旁边有个人。”

我左手握住他的右手。

“所以，你是怎么把自己修好的。”

“你就吸气，吐气，吸气，吐气，

一口气，一口气的，

等呼吸不再痛的时候，

你就去试着一步一步地往前走。”

我们就这样牵着手，看着天花板。

那只蜘蛛抓到了它的第一个猎物，用丝把那个小虫裹了很多层。

— 248 —

他看了下手表，“不早了，我要走了。”

他正准备站起来，

我扭头看着他，

那一刻，

当我认真地看着他的那一刻，

他也认真地看着我，

那种不会漂移的眼神的一刻。

他探头过来吻我，

我没有退缩。

突然，我把他推开，

他眼神很慌张，却什么都没有说。

拿起他的包，匆忙地走了。

— 249 —

4月28号。

有人开门进来，一定是小天，

他竟然回来了，我很忐忑，不知道要对他说什么。

“起来！”一个严厉的声音传来，不是小天的，

我抬头一看，是母亲！

“你怎么来了？你怎么…？”我张口结舌，

“起来，给我站起来！”

“我起不来。”

“他本来差点就死了，你就没体会到生命是多么脆弱吗？

他本来差点就死了，但是你还活着，

不管他是不是真的走了，不管你是受了多大的苦，

你这不还是熬过来了嘛，

既然熬过来了，就给我好好地活下去！

去你和朋友出去逛逛，去自己整个什么爱好的，

不许再这么躺着，

好好过日子。”

我缓缓地坐起来，“我…我不知道怎么过。”

“没人知道，没人知道怎么过。”

我和母亲坐在沙发上，其实有点怪，毕竟已经很多年没有和母亲这样谈话了。

“你以为你爸死的时候我知道怎么过啊？

你以为我当时就这么躺那几天什么都不做吗？

我没有，因为我得给你做饭，因为我得养你。

现在，你得养自己，你得好好为自己过日子。

你要是再让我知道你就这么颓废地躺着，

我就一直踢到你站起来为止。”

“是Tony叫你来的？他怎么联系到你的？”我忍不住问她，

“你和他怎么认识的？”母亲总是能用一个问题回答一个问题，

“朋友的朋友。”

“你们之间有什么吗？”母亲还是忍不住地问。

“没有啊，怎么了？”我说得有点心虚。

“他打电话给我的时候，语气很关切的。”

“没有，我们之间没什么，…

我们之间也不可能有什么，我有Fabrice了，你不记得了啊？”

“我记得啊，你记得吗？”

“… 他吻了我。”在母亲面前说这些，还是很害羞，

“那后来呢？”从来没有见过母亲如此八卦的一面，

“他跑了。”

“他跑了？你没去追啊？”

母亲站起来，看着屋子里的狼藉样子，忍不住收拾起来，Astro就跟着她走来

走去，

“追了之后说什么？我也喜欢你？

就算我也喜欢他，现在也不是对的时候？

现在太乱，Fabrice的事还不知道要怎么弄。”

母亲烧上一壶开水，准备泡茶，

我站起来，把柜子的茶叶找给她，

“我挺喜欢Fabrice那个小伙子的，人不错，

但是他走了，他选择了离开，没有人知道他在哪里，

你可以等一周，等两周，不能等一辈子吧？”

临走的时候，母亲交代我把家里好好收拾收拾，墙角都起蜘蛛网了。

— 250 —

我们哀悼的不仅仅是死亡，

我们哀悼生活，哀悼失去，哀悼变化，

当你痛不欲生，欲哭无泪的时候，

总会有人会告诉你，

有一天，会有那么一天，就不再这么痛了，会过去的。

所以我们接受它，放下它，… 试着放下它。

可是每当你觉得你已经放下的时候，

它又迎面向你冲来，

让你无法呼吸。

— 251 —

我清走了那只蜘蛛。

39

掩耳盗铃

Trying to move on

— 252 —

没有人选择去做一个冷漠的人，

没有人选择去做一个让别人很难爱上的人，

大部分人都不知道他们自己是奇怪的，直到为时已晚。

不过，无论你是多么的奇怪，

你应该还是会遇到那个适合你的人，

除非，他搞砸了。

因为就算是个怪人，可能也不会无止境地等下去。

当然会有例外。

我不是那个例外。

我决定不再等法法。

— 253 —

5月10号。

我撑着雨伞走在街上，

给小天拨了一个电话，“您拨打的号码是空号。”，已经这样好几天了。

转过一个街角，我来到Nothing but Ink。

推门，我还没有开口，

“你来这干嘛？”小天正在给一个客人纹身，

“你这是纹身店，不是吗？”我收起雨伞，

“你要纹身？”他不耐烦地说，

“如果一定纹身才能和你说上话，我就纹。”

他放下手上的器械，把我拉到角落，

“你到底要干嘛？！”

“我给你发了很多短信你都没回，

后来给你打了电话才发现你的号码已不在使用中。

回来去了你家，结果已经不是你的家了，

发生什么事了?！”我尽量小声地说，

“我现在忙，没空和你解释。”他转身要走，我拉住他，

“是因为我接吻了吗? 你也不用换号码和搬家吧? 当时…”

他甩开我的手，“不要自作多情，和你一点关系都没有。”

“那和什么有关系? ”我一头雾水。

他欲言又止好几回：

“…，我撞车了，撞了一辆很贵的车，

我把那一点积蓄加上信用卡的用来赔人家了，

后来就连续两周都没交的起房租，然后电话费也落下了，”

他吞吞吐吐的，突然又很呛地说，

“然后还是那句话，和你没关系! ”

“你怎么不打个电话告诉我呢? ”

“不想告诉你。”还倔强着，

“那你现在住哪? ”

我看着他，他看着窗外的街，

“朋友家打打地铺，这两天都睡车里了。”

“都无家可归了呀?！”

“我这叫四海为家。”还嘴硬着，

“我有个客房，一年四季都空着没人用，你上我那来住吧。”

“你确定你现在家里还不够乱吗? ”

“够乱啊，乱到我是单身还是已婚，我自己都不知道，反正都乱成这样了，也不差你这点。”

“哦，只住一两周哦。”

“晚上见吧。”

我转身离开，嘴角微微地上扬，那股淡淡的给我力量的香味。

— 254 —

我回家之后，把客房的衣柜清一清，给小天的衣服挪出点地方，

却在衣柜里找大了一本日记。

法法的日记。

— 255 —

雨一直下到晚上。

小天只带了一个很小的皮质旅行箱过来，

我领他去楼上的客房。

“等我缓过这一阵子，我会付房租的。”

“不用。”我打开客房的门，把皮箱放在床上。

“你确定？”其实他也付不起。

“我都不付房租，你付给我，我给谁？”

“对哦，他把房子给你了。”他说得好像我中了什么奖似的。

“嗯，其实还是他的房子，就都先住着吧。”

“他的房子，我住会不会很奇怪？”他打开箱子，把几件衣服挂起来，

“他消失了，就留了个纸条说，房子是我的了，要我好好照顾狗，

一个电话都没有，什么都没有，

生活本身就是奇怪的，

习惯就好。”不由自主的一股怨气跑出来。

“好吧。”

我刚准备离开他的房间，又停住转身。

“你猜我刚刚给你清理客房的时候，找到了什么？”

“什么？”

“日记，一本Fabrice的日记，我从来都没发现他还有写日记的习惯。”我在床尾坐下，

“你读了？”他停了下来。

“没有。”我低着头，

“为什么还没读？”

“万一读到和我有关的事情呢？”

“当然会有和你有关的事情，没有和你有关的事情才可悲吧？”

“万一他写了很多我的坏话呢？我可不想读关于我的坏话。”

“你怎么现在变得这么矫情？”

“万一他写了他有多爱我呢？我刚开始觉得我可以开始忘记他。”

“如果你不读，你永远会有遐想，你永远忘记不了他。”

他说的每一句我都早就知道，我只是在逃避，

我知道我只是在逃避。

— 256 —

现实是，

无论你决定等不等某一个人，那是你的决定，

可是那个人会不会回来，是他的决定。

他的点滴会不会再出现在你的生活中，是注定。

当注定的事情发生的时候，你决定便显得不再那么肯定了。

40

爱我别走

Love me tender, love me sweet,

never let me go

— 257 —

5月11号。

周六的早上，天终于放晴，

我坐在后院，看着Astro在草地上跑来跑去，

喝着杯中的热柠蜜，

终于，我鼓起勇气，打开那本日记。

日记大多都是用法文写的，

我把手提放在大腿上，一句一句在线翻译。

— 258 —

9月29号，晴

前两天我遇到一个人，我不知道她叫什么名字，

她有一张我见过最美的嘴唇。

虽然我不知道她叫什么，但是我知道她住哪，应该早晚会知道她的名字的。

— 259 —

10月24号，晴

哈，她叫Ellie。

— 260 —

11月11号，多云

昨天是她的生日，我想我有点爱她，

我还没有告诉她Candy的存在，我有点怕失去她。

— 261 —

2月15号，雨

她不能陪我过情人节，所以我们提前出海庆祝，

她说我的船舱里应该放一个钟。

可是，时间是我们唯一缺少的东西，

我不需要一个机器一直提醒我这件事。

— 262 —

5月5号，晴

都说丈夫永远都不会因为外面的女人，而离开自己的老婆，

我开始体会到这句话的意思。

我一直都很想和Ellie在一起，我一直都叫她为了我而离开她的男朋友，

整个过程中我都很痛恨Candy。

可是，到最后，到了该选择的时候，我不知道该怎么做，

毕竟我和Candy在一起建立的两年多的生活，

她说他依然爱我，她说再也不犯了。

我很迷失。

— 263 —

5月18号，多云

Candy一直都知道我和Ellie的关系，

她还故意请了Ellie来家里吃饭，耍得我团团转，

她还威胁Ellie，

可是为什么Ellie都没告诉我呢。

很明了了，谁善良谁阴险，

抉择也很明了了。

— 264 —

6月10号，大雨

我觉得我真的很爱她，彻底地爱她

我想她也是爱我的，可能她自己都不知道她有多爱我，

我觉得她可能都不知道如何去好好地爱一个人。

她曾经受过很多伤害吧，没有好好的感受过什么是被爱，所以也不知道应该怎样去好好地爱一个人，

我要让她感受，什么是被爱的感觉。

— 265 —

7月21号，阴

今天我们‘结婚’了，

虽然不是我梦寐以求的婚礼，但是是她能给我的最好的婚礼，

其实还挺有意义的，她在她的肌肤上写下对我的爱，

回头想想还很浪漫的。

她，就是那个对的人。

— 266 —

12月13号，晴

今天遇到了Ellie的母亲，

她看上去很内敛，很端庄，

我是隔着老远看着他们说话而已。

她邀请了我们去她那过圣诞，

我挺兴奋的，Ellie看上去不是很想去。

— 267 —

1月3号，晴

我们昨天晚上被抢了，

抢走了Ellie给我的结婚戒指，Ellie她爸留下的结婚戒指。

她跟我说了她爸当时怎么死的，很悲惨。

我觉得她还是懂得如何去爱一个人的，

她昨天就让我感受到了她是如何爱一个人的，

她只是不想轻易地去爱一个人，

因为她知道失去自己心爱的人是多么痛苦的一件事，

所以，不如最开始就不要去爱。

她失去过，她知道那种失去是多么的痛，

但是她还是选择去爱我，

我想她是真的很爱我，

她是以她的方式，她唯一知道的方式，在爱我，

那我，还能有什么要求？

— 268 —

1月26号，阴

Knox死了，安乐死的。

我从来都没有看到过Ellie这个样子，
她向来都是那么坚强，
看到这样的她，很不习惯。
但是她太要面子了，是不会要我的帮助的。
我懂，
我会让她一个人。

— 269 —

3月14号，小雨
在法国的时候，她问我如果将来要小孩，要不要领养？
我告诉她还是要亲生的。
我觉得她很难爱上一个人，她是个很封闭的人，
就算是自己的孩子也是这样吧，
所以，如果那个孩子流着她的血，她应该会比较容易爱那个孩子吧。

— 270 —

4月4号，–
我觉得我也些失控了，我不知道如何去控制我自己，
而Ellie好像也不管我了，我想干什么就让我干什么，
我high的时候，并不在意这些，
可是high过之后，我觉得她好像在惩罚我，
当一个人不管你的时候，就是对你失望了吧，就是快要不爱你了。
我需要她爱我，我需要她。

— 271 —

他并没有每天都写日记，零零碎碎的，我一天就看完了，

我还坐在后院里，Astro早就玩无聊了，回屋了，

我一天都没吃东西，也不觉得饿，

小天应该是知道我在看法法的日记吧，所以他也没有打扰我。

我看着天上的云，眼角和脸颊都是干掉的泪水，

那种眼泪在皮肤上干了以后涩涩的感觉。

我每天早上起来，都会一边对自己说，不要抱什么希望，

一边去看手机里有没有法法的短信。

这样的日子，已经够了，

我不会再为他流一滴眼泪。

— 272 —

回屋以后，小天正在煮面，

他看见我脸上隐约的泪痕，“你还好吧？”

“很好。”我继续向楼梯走去。

“有什么我能帮忙的吗？”

我停下，顿了一下，回头对他说：

“有，你能把碗都洗了吗？没事也遛遛狗，Astro这两天憋坏了。”

“我说正经的，你帮我这么多，让我也帮帮你吧。”

“不用。”我上楼回房间。

关上了门，把那本日记收起来，

放在柜子的最里面。

41

如果爱 2.0

Maybe it’s love 2.0

— 273 —

一直都觉得这个世界上，每个人的真爱只有一个，

错过就不能再重来，

直到你遇到下一个人，

然后你开始觉得当初的担心是多么愚蠢。

— 274 —

5月15号。

之前没有去上班累积下了很多工作，

弄到很晚才下班，疲惫不堪。

到家的时候，小天已经在家了，在厨房做晚饭。

"回来啦？"

"嗯。"我放下包，把Astro抱起来。

"今天有个之前的客户来店里，说他特别喜欢我之前给他纹的图案，

现在伤口癒合了以后，特别好看。

为了谢谢我，他送了一瓶香槟给我。"他指着餐桌上的香槟。

"那恭喜了啊。"

"我们今晚喝了吧？"

"我倒真是可以来两杯，累死了。"

"好啊，晚饭马上就好了。"

我上楼去换衣服。

— 275 —

我从沙发上醒来，

饭后我们坐在沙发上边喝边看着电视，我一定是太累了，睡着了。

小天就靠着我睡着。

我伸手拿过遥控器，把电视关了。

他惺忪地睁开眼，看看他的手表，

“不早了…我应该回我的房间…”他说，

我整个肩头，都是他的香味，

“恩…， 你应该回你的房间。”

我看着他的眼睛，他的嘴唇。

他的嘴唇贴着我的嘴唇。

好熟悉，又好陌生。

— 276 —

5月16号。

早晨，手机闹钟准时把我叫醒。

睁开双眼，躺在自己的床上，

看见睡在右手边的Astro，

昨晚的事情，历历在目。

我洗漱之后路过他的房间，房门关着，里面没有动静。

再看窗外的车库，他的车还在，

他应该还在睡吧。

— 277 —

下班以后，在外面吃了饭才回家。

家里没有人，于是我去洗澡。

在浴室洗澡的时候，听见Astro的叫声，

小天回来了。

我擦干头发，下楼。

“今天忙吗？”我说得很生硬，

“不忙啊。”他倒很自然，脱下外套挂在椅背上，好像什么事情都没发生一样，

“你呢？今天过得怎么样？”

他好像完全没有想要谈昨晚发生的事，

而我忍不住戳破窗户纸，

“关于昨天晚上…”

没等我开口，他就打断了我。

“你不用解释，你很空虚无助，Fabrice不在你身边，而我在你身边，

我们又喝多了，所以…，人嘛，都会犯错误的。”

“如果那不是一个错误呢？”

“你没必要把一个一夜情硬说成一个多浪漫的事情，只是为了让我好受一些。”

“我没有，我真没有。

我当然还是想他的，怎么可能不想，

但是我和他之间，无论曾经多美好，现在连个人影都没有了。

我对你的感觉是真实的，

而问题是，我想知道，你对我有没有感觉？”

我走近他，他举手示意保持距离，

“我觉得你是一个好人，一个好朋友，一个…一个很擅长亲吻的人，

但是这样太快了，我觉得你还没准备好。”他说的没错，

我退后一步说：“那我们就慢慢来，细水长流。”

“细水长流好。”他这才露出一丝笑意。

—278—

5月18号。

我开车去接小天下班，

我看着他过街的样子，就能想到他的香味。

“所以是去哪？”他系上安全带，

“先去吃饭，然后看电影。”我看着车镜倒车，准备上路。

“我想问你个问题。”

“说。”

“你一直都没告诉我你的中文名。”

“樊野，原野的野。”

“好男生的名字哦，有什么含义吗？”他打开手机，更新了我在他手机里的名字，

“我属兔的，我爸说，兔子在原野上才有草吃，不会饿肚子。”

“呵呵，吃货啊。”他笑出来，露出一颗虎牙，

“你呢，天有什么含义吗？”

“我的名字很普遍吧，天就是至高无上啊，家里人希望我能成大器。”

“所以你是要大器晚成，还干脆不成算了？”

“讨厌吧，你。”

整个车里都是他的味道。

— 279 —

你听说过爱情的存在，你听过很多爱情故事。

直到有一天你亲身经历了爱情，我才直到那是怎样的感受，

很美好的感受。

不过，问题是，一旦你感受过爱情的滋味，你就永远不能把它从记忆里抹去。

然后，有一天，你曾经拥有的爱情抽离了以后，你孤身一人，

你开始慌张，你觉得连呼吸都那么的困难。

你开始找，寻找任何你能用来替代你失去的爱情的东西，

任何能让你感受到类似爱情的东西，

然后，自我催眠地说，这个东西就是爱情，

好像，这是我们唯一能修复自己的方式，

一个自私的方式。

42

烂摊子

Messy & complicated

— 280 —

5月20号。

饭后站在后院抽烟，院子里面一片漆黑，

已经，快四周了，还是没有法法的消息，

他也没有更新他的脸书，手机依然是直接进语音信箱，

我开始担心他的安危，我想...

“喂！”小天打断了我的思绪，

“干嘛？”我熄了烟，

“今天是表白日哦。”他开了院子里的灯，院子里有点狼藉，该修修花草了。

“呵呵，你也玩这个哦？幼稚不幼稚啊？”

“幼稚啊，但是还是很想看你尴尬的表情啊，那才无价呢。”他抬着下巴，一脸俏皮，

“呵呵，我想想啊，

To my dear，”我摆上一副深情的表情。

他已经开始大笑，

“我喜欢你的纹身，让我觉得你特野性，特有男人味；

我喜欢你的圆寸，让我觉得你不是那种爱弄发型很难搞定的男生；

我喜欢你的香气，让我觉得 … 让我觉得你是甜甜的。“

我吻他，“因为你吻起来，就是甜甜的。”

“很会演嘛你！”他一脸满足。

我摸着他胡扎的下巴，“要看演给谁看。”

— 281 —

5月21号。

我和小天坐在沙发上看电视，我把脚翘在他的腿上，

"我想去警察局报警。"我依然担心着法法,

"报什么警?"

"已经四周都没有Fabrice的消息了,我很担心他有…"

"这种事情你自己去做决定,不要来和我说。"他把我的脚推开,

"你…"我都来不及插话,

"我不要再坐在你旁边听你没完没了说你和你前任的事情,

不管你怎么给我们两个的关系定义,我们都不是普通朋友关系,

而你再这样一直放不下你的前任…"他好像憋了很久了,

"没有,没有,我放下了。"

"你没有,你没有放下,起码我感觉不到你放下了。"

"也许我是还没有完全地放下他,但是我很接近了。

很快,我就会完完全全放下他的,

小天,我现在只想和你在一起。"

可能是我说得太过僵硬,不够发自内心,

他没有说话。

—282—

5月22号。

清早,小天还没起床。

我在厨房弄早餐,

"嗨,我回来了。"门口传来一个熟悉的声音,

我走去走廊,目瞪口呆,一片空白。

是他,拎着他的行李箱站在门口,

我张着嘴,却没有一个字飘出来。

他走过来,给我一个深深的拥抱,

"你怎么了?"他问我,

"你都去哪了?"我结结巴巴,好像在做梦一样,缓不过神来。

"你没收到我的邮件吗?我去了一所康复院。"

我看着他,完全听不见他在说什么。

终于,几周下来在内心积累的各种情绪,以愤怒的形式爆发出来,

"你TMD都去哪了?你怎么连个电话都没给我打?!"我把他推开。

"我打包离开的时候,没发现手机已经没电了,然后又忘记带手机充电器,

而且在康复院的四周,手机都没收了,禁止使用的,

所以我让我的监督师给你发了个邮件,告诉你我在一个匿名的康复院,

匿名是因为在康复期间,他们不允许任何访问客。"

我冲进客厅,打开手提,查我的邮件,

就在那儿,在我的垃圾邮箱里,那封可恨的邮件。

他试图安慰我:"你冷静一下,现在我回来了,我已经不吸那玩意了。"

这时小天从楼梯上走下来,

他看着小天,他一脸疑惑地指着小天问我:"这是怎么回事?"

"你消失了四周,没TMD短信,没TMD电话,什么都没有,没有任何人知道你在哪,

我以为你死了,我昨天差点去警察局报警,

所以…,你不在的这段时间发生了很多事。"

"很多事?所以你就和别人搞上啦?"两个人的声音越来越大。

"我以为你离开了,我以为你离开了我,所以我不得不…不得不继续我的生活。"

"我还是走吧。"小天说,

"我们在说话,你不要插嘴!"他吼了小天一句。

小天觉得很委屈,尴尬地回到楼上。

他的语气也开始变得委屈:"你就没想我回来?"

"我想,我想你回来,我希望你回来,我祈祷你回来,

但是你没有回来,所以我不再想,不再希望。"我感觉我在说话,我却听不到我在说什么。

他抱住我，

"这都是一个误会，重点是现在我回来了，我不再玩那东西了，我们可以回到过去了。"

他抱我的时候感觉唤起了很多记忆，可是为什么我却如此难过，

"人生就是这么残忍，是不是，只要一个误会，就一个误会，人生就开上来一条完全不同的轨道。"

"我们结婚了，我们！结婚了！你承诺了我，无论是好是坏都不会离开我。

现在是坏的时候，但不是放弃的时候，你不能放弃我，你不能放弃我们。"

我忍痛地再一次推开他。

"没有人想走到这一步，没有任何人会想把事情弄成这样。

但是，事已至此，我需要消化这一切，我需要时间，

五分钟之前，我都不知道你去了康复院，

我需要时间，请给我时间。"

"他呢？"他用眼神示意楼上，

"他住的是客房，他最近有点困难，没地方住。"

他顿了顿，来回踌躇了几步，说：

"我…，我向你道歉，对不起，是我搞砸了，我…"

他的手有些颤抖，

"我不知道到底发生了什么，但是我知道你要做一个选择，是我，还是他。"

我刚要说话，他用手按住我的嘴。

"你慢慢来，你要想多久，就想多久，

因为我当时就想了很久，我当时在要做选择的时候，我想了很久，

我想了很久，然后我才做了一个正确的决定，我选了你。

所以，请你也想很久，想仔细，然后请你做一个正确的决定。"

那一瞬间，我才真正的感受到，他回来了，那个教会我如何去爱的法法回来了。

"我去Diamond上住几天，等你想好了，给我个电话。"

他上楼拿了手机充电器，亲了一下我右脸颊，抱起Astro亲了一下它的头，便离

去了。

我看着他离开的背影，心里刺刺的。

—283—

法法走了之后，我坐在沙发上发呆，

小天走下来，“我想我明白是怎么回事了。”

刚把法法送走，他又来，我很不耐烦，

“我都不知道是怎么回事，你倒弄明白了？”我拿起烟就走去后院，

他跟过来，“问题就在这，你不知道！你不知道现在是个什么状况，

你不知道你对我是什么感受。

如果你知道的话，你可能就要选择，

认真地去选择，而不是在这假装！”

“假装”，一个很刺耳的字眼！“假装？你是说我假装喜欢你？”

“你说呢？”

“那到底想要干什么？”我觉得他有点没事找事儿，

“说实话，你到底还爱不爱他？”

“不爱了，你别这么嫉妒他，行吗？“我点烟，

“如果，你还觉得你们俩有可能复合，你就…”

“你烦不烦啊？你要是不信任我，就也滚出去。”

“出去就出去。”他甩门就走，

我把烟踩灭，跟过去，“晕，你这是要去哪啊又？”

“去外面， 你刚不就是叫我出去嘛，我如你所愿！”他拿起外套，就往外冲。

此时此刻，觉得小天是个自以为是的家伙！

“不送！”我跟到正门，甩手把门关上。

现在清净了，就剩我一个人了，

一个人和一个烂摊子。

43

爱与容易

Being in love or being easy

— 284 —

5月24号。

Mel的办公室总是很暖和，所以坐着那张皮沙发格外的舒服。

“是什么让你这么犹豫？”Mel推了推她的眼镜，

“我不知道，反正就是很难。”

“你还爱Fabrice吗？”

“我不认为我还爱他，我也不想去爱他。

但是，感觉还有爱的存在。”

Mel没有接话，她希望我继续说，我很讨厌她这样。

“他其实没有背叛我，或是故意伤害我，

他只是犯了一个错误，

一个很大很大的错误，

大到粉碎了我的心，

粉碎了我这个人。

然后，他又回来了，

我看着他，就和我当初爱上的那个他一样。

自从他出事以后，我每天都在想，

要是能回到过去多好，回到他还是曾经的他，我还是曾经我的时候。

而现在，现在应该就是给我回去的机会吧。”

“那为什么不回去？”

我思考片刻，“信任。”

Mel还是不接话，

“我，我毫无防备地爱上他，可能是我太天真，

但是我从来没有想到过他会这样的伤害我。

那么痛，我好不容易才熬过来，

我不想再痛一次，我不想再经历一次，我会熬不过来。

他现在刚从康复所出来，我不知道他能洁身自好多久，

我不知道我经不经得起再冒一次险。”

Mel在小本子上，写着什么。

“那么那个中国男生呢，你爱他？”

我感觉在被审判一样，但是也只有在Mel这里我才感面对最内心深处的自己。

“我很喜欢他，真的，我很喜欢他。

我曾经以为我是爱他的，可是那不是爱，

如果真的选择和他在一起，有一天，我可能应该会爱上他，

但是现在，我不爱他。”

“那为什么不放走他？”

“这样比较容易，不是吗？

和一个和我一样对婚姻有理性认识的人在一起，

生活会容易一些吧。

和法法在一起接下来的路会很难走吧？

谁7岁的时候，幻想自己长大以后会和一个毒贩结婚？

和小天在一起，这样的生活会比较容易一些，不是吗？”

Mel摘下眼镜说：“或许吧，

但是生活不应该是容易的，生活总是和我们7岁时的幻想差距很远的，

而总是那些过着最不容易的生活的人，才是那些活的最充实的人。”

“所以我不应该选择他？”

“我不能告诉你做怎样的选择，你必须为你自己的人生做选择，

不过我可以告诉你，你告诉了我什么。”

我看着她，示意我想知道我都告诉了她些什么了。

“你刚刚告诉我，

你还爱着Fabrice，但是你还无法相信他；

你不爱那个中国男孩，但是他让你感觉生活更容易一些。”

我突然明白了。

“所以，选项很清晰了，是吗？

是选择爱的感觉，还是选择容易的感觉。”

Mel微笑着点了点头，

“是要爱，还是要容易。”

— 285 —

5月25号。

小天已经搬走三天了，我决定去他店里去找他。

我一进门， 店里的员工都愣愣地看着我，可能小天把故事的经过都告诉他们了吧。

“我有话和你说。”我对小天说，

“外面说吧。”他把我带到店门口，

“我…”我刚要开口，

“我知道你要说什么。”他先发制人，带着一丝痞笑地说，

“你要告诉我，我是多么多么好的一个人，他是多么多么糟的一个人，

可是你还是要选择他。”

他是个聪明的男生，也是我喜欢他的一大原因。

“是的。”，我尴尬地说。

“真的不用担心我，我这个月过得很开心。

我当然希望你最后会选我，

但是我想，其实我心底一直都知道会是这个结果。”

“对不起，我做的很混蛋。”我很歉疚，很歉疚。

“很多人都会做一些混蛋的事情，并不代表他们是坏人，

你不是一个坏人。

呵呵，可能有些人会说我是个坏人，

我在你软弱无助的时候，乘虚而入，占了你的便宜。

已经发生的事情都已经发生了，

不需要责怪谁，不需要责怪你自己，

我真的没事。”他看上去真的很释然，

可是我还是忍不住，一个劲儿地道歉。

“没什么好对不起的，

你不爱我，你从来都没爱过我，

我不能要求别人来爱我，

爱这个东西没有就是没有。

就算我愿意当个乞丐，也是要不来的。

你没做什么对不起我的事。”

很有逻辑的话，可是我觉得好像还是被抽了一个隐形的耳光。

“那我们现在是什么？”我问他。

他看着路上的行人说，

“我们什么都不是，我们曾经彼此认识，今后，我们不认识彼此。”

对于他的回答，我有点惊讶但也意料之中，

“所以，现在是在道别吗？”

他看着我说：“你知道他还会伤你的吗？”他在做最后一次的努力吧。

“我知道。”我低着头说。

“他再伤你的时候，我就不会在你身边了；下一次，我就不会再来陪你躺在地板上发呆了。”

“我知道。”我依然低着头。

“拜拜，Ellie。”他摸了一下我的脸颊，走了。

“拜。”我还是没有抬头看他。

— 286 —

5月25号。

时间：晚上7点11分。

短信：“你在干嘛？”－我。

回复：“我在钓鱼。”－法法。

回复：“钓完以后回家吧。”－我。

回复：“回来给你做鱼吃。”－法法。

— 287 —

心理医生认为，我们生活的大多方面，我们的思维过程，我们的行为模式，都是反映着我们与父母之间关系。

我们和我们爱人之间的关系，都只是我们和父母之间的关系的另一个版本，我想我就是一遍又一遍的屡战不灰心，直到我填补了所有童年失去的爱。

44

与你重生

With you, I’m born again

—288—

5月25号。

我和法法平躺在床上，

本分地各占半边，毫无亲密行为。

“还醒着呢？”他问我，

“嗯。”

“为什么和他…， 我想知道，为什么是他？”

街上的路灯，把窗外的树枝印在天花板上。

“你不在我身边的时候，他都在我身边。

…

你走了以后，

最糟的，不是失去你，是失去了我自己。

自从认识你，我变了许多，

可是这个改变了的我，在你身边才有意义，

你不在的时候，我不知道这个我是谁。

而他就像那个以前的我，理智，冷漠，心软，

他让我想起了以前的我，让我想起了我是谁，

那是我当时最需要的吧，我想。

…

和他在一起，让我感觉…很安全，让我感觉我又找到了我自己。

终于，我不再晕头转向，我不再迷失，

我好像又看得见前方的路了。”

“你爱过他吗？”

“我以为我爱过他，有的时候，我希望我是爱他的，但是我没有，

我爱的是和他在一起的感觉，不是他。”

他慢慢地把手伸过来，牵着我的手，

我的手一动不动。

“那你还爱我吗？”我一动不动的手使他禁不住问，

“我爱你，我一直都会爱你。

但是我不是一个机器，我的心不是一个机器，

不能说开就开，说关就关。

你走了之后，我一直对自己说，不能再去爱你了，因为爱你太痛，

所以我停止了对你的爱。

现在你要我再来爱你，可是我不能说爱就爱，

感情不是一个开关，感情需要时间。”

— 289 —

5月28号。

下班，开车回家，很大很大的雨，60km/hr的路只能开40。

法法还没找到新工作，我到家的时候，他已经做完晚饭，在等我。

吃晚饭的时候，他问我：“你今天过得怎么样？”

“就那样。”我的脸很臭。

“你最近都好惜字如金哦。”他也是明知故问。

“你真的想知道我一天过得怎么样吗？”一部分的我，其实已经等他这个问题很久了。

“我想啊，近来觉得我们俩的距离很远。”

我拿起刀，埋头大力地切起我的牛排，

“我晚上做噩梦，不是梦见你又离开了，就是你又死了，

我早上醒来都迫不及待看你是不是还躺在我的右边，但又不敢看，怕看到的你

没有呼吸。”

整个屋子除了我说话的声音，就是我的牛排刀划着盘子的声音。

“我去上班，脑子都不在上班，

我下班回家，就怕推开门，看见你躺在地上，一脸惨白。

这就是我的一天，你今天过得怎么样？”

说完之后，我抬头看着他，等他回答。

“那你为什么还要和我在一起？”

我没想到他会这么问，

“因为这个。”

我示意我腹部的纹身，

“因为不管我一天下来过得怎么样，当我洗完澡对着镜子的时候，我就会看见它，

想起当时纹它的时候我是多么的爱你，爱你爱到发誓要和你在一起，

我保证了我不会逃跑，我保证了我会爱你。”

“就算你现在恨我，你也还会爱我？”他放下刀叉，好像已经没有了胃口，

“就算我现在恨你，我也还会爱你。

我在努力，Fabrice，我在努力，努力地去爱你，

但是你怎么就…

你怎么就把这事弄的这么难呢？！

我知道我承诺了无论如何都会爱你，

可是，如果你爱我，如果你也爱我，为什么你让我爱你爱得那么难？”

我其实也没了胃口，但是还是大口下咽着牛排。

“我懂，你也不用为了保持这个承诺而保持着，

如果真的太难了，你可以离开，我不会怪你的。”

他的眼神中多了一丝心灰意冷。

我看着他，

他看着我，

几乎快一分钟了，没有人说一个字。

终于，我舔了一下嘴唇，说：

“我觉得我们应该去注册结婚。”

“你要和我结婚？”他被吓到，

“你有了身份以后，无论你出了什么事，你还是可以留在这里。”我又继续开始吃牛排，

“你是担心我再碰那玩意，如果被抓，我会被遣送回法国吧？”

“是，差不多是这个意思。”我点头，

“哪有人为了这个而结婚？！”

“所有人都是为了这个而结婚！

所有人不都是为了这个而结婚，就算有意外，还是要和爱人在一起吗？”

我瞪着他，他有点错愕，

“可是为什么现在？为什么现在要和我结婚，你现在都还不信任我？”

“因为我想要信任你，因为终有一天我会再信任你的。

我相信会有那么一天的，

所以当那天到来的时候，我需要你在这里，我需要你和我在同一个国度里。”

他坐在那，一语不发，不过眼神中的心灰意冷没有了。

我看了眼他说：

“吃饭吧，吃了饭才有力气去找工作。”

他听话地开始切牛排。

— 290 —

6月1号。

约了七七去Mojo，不见那只猫的踪影。

"我问他要不要和我结婚，不是纹个身什么的扮家家，是正儿八经的去注册结婚。"

我有点吞吐，试图用平淡的语气带过这个消息。

"不是吧？现在？他把你都摧残成这样了。"

七七不知道我和小天的事，只知道法法的那部分。

"我很可悲是不是？都这样了，还是那么爱他。"我自嘲，也真的有些心寒。

"你还记得你当初是多么反对婚姻啊？"

"记得。"我用茶匙玩弄着咖啡杯里的泡沫，

"结果，你们之间两次求婚都是你暗示提出的。"七七向来一针见血，

被她这么一说，我也觉得自己很荒谬，"我知道，很可悲。"

"不，不可悲，一点都不可悲，很可喜可贺！"

"真的吗？"

"真的啊，你变了，

你真的变了，变成一个更好的人了，我真心为你开心。"

"更好的人？"

"你在争取，你在为爱而争，你在用尽你全身力气地争取，

我知道你一定会打赢这场战争的，赢得你应得的幸福。"

我眼睛红了，"我真的应得，对吧？"

她坐过来给我一个久久的拥抱。

— 291 —

6月3号。

我搬来这个房子已经一年，

谁知道一年会有这么多的改变。

今天也是我和法法去内政部登记结婚的日子，

他都穿上了黑西装，把皮鞋擦的特别亮。

出门前，我给他一封我昨晚写的卡片：

“我以前不相信爱情，不相信，

但是你相信，你让我看到什么是爱，

你教会我如何去爱，

你把我变成了一个更好的人，

所以我相信了爱情，

所以我去爱你。

现在，我是那个更好的人，

所以，我要让你看到什么是爱，

你当初教我什么是爱，

现在轮到我来把你变成一个更好的人。

爱你。“

他坐在副驾驶上，看着那卡片，

只听见他吸鼻子的声音。

谁都没说话。

— 292 —

晚上，我和法法平躺在床上。

本份地各占半边，毫无亲密行为。

“那里面是什么样子？”我问他，

“你真的想知道么吗？”

“我想如果我知道你在里面是怎么过来的，会让我对你痊愈比较有信心吧，会比较容易相信你。”

他深深地吸一口气，

“我登记住院的时候，他们基本上把我所有的东西都没收了，

我的香水，我的牙膏，我的沐浴乳，手机，电脑，书，除了衣服全都收走了。

我基本上记不太清第一天了，印象很模糊，很扭曲，我知道一定是很痛苦的，但是我不记得了，

我非常恨第二天！很恨，我恨不得离开，逃走。

我睡也睡不着，起来又很累，浑身一直出汗，很饿，但是又吃什么吐什么。

然后，第三天，第三天我就哭个不停，不由自主地哭，怎么也停不下来，

我觉得我病得很重，我觉得我毁了我的人生，我觉得我好像在一所监狱，我觉得很丢人，想着就死在这里算了。

可是，我后来想到你…”他声音开始颤抖，

我慢慢地把手伸过去，牵着他的手。

他平静了一些：“我们每天早上有个会，下午有个会，晚上还有个会，

会上要么是导师，要么是录像，讲瘾对我们的身体有多不好，对思维有多不好，

对我们自己对我们的亲人有多不好。

每第七天，还会有一个和个人导师一对一的谈话，讨论这周有什么进步。”

“你在里面的时候，是什么让你改变了”

“是失去，我在里面认识了形形色色很多人，听到了很多很多如电影般的故事。

听到他们和戒瘾的战斗，当他们输掉这场战斗的时候，他们输掉的不仅仅是这场战斗，他们还输掉了很多生命中重要的东西，

有个比我还年轻的男生，他长期酗酒，他错过了他长子的出生，因为他喝太多，在自己的车里睡着了；

还有个女的，她丈夫和她离婚了，她两个孩子的抚养权也都输掉了，因为她吃止痛片上瘾；

我不想失去这些…

还有个女的，她都50多岁了，她… ”

他说了很多很多，他在里面的时候发生的事，说到深夜，

其实我听的时候，也很慌。

起码，两个人一起慌，比一个人慌，会好些吧。

— 293 —

最完美的婚姻，也会失败。

今天你还分分钟都妙不可言，明天你就不知道他消失去了哪里。

你熬得过这个坎吗？当你的婚姻开始崩塌的时候，你能站得稳吗？

也许你需要的只是信念，相信你一定能够熬过这个坎；

也许你需要紧紧地抓住，无论如何都不放手；

也许你需要重新结一次婚，用尽全力地爱他最后一次，然后祈祷那是足够的。

45

色迷心跳

Lust, Love & Lost

— 294 —

去问任何人，‘你的人生在追求什么？’，

答案很简单，绝大多数人都会告诉你，

幸福，要幸福。

但是这种对幸福的期望，反倒成了我们得不到幸福的原因。

我们太刻意地去追求理想化的幸福，却只看到理想和现实的差距。

直到有一天，我们蓦然回首，幸福一直都在灯火阑珊处。

原来那个灯火阑珊处的幸福和梦想的幸福不太一样，

原来不识幸福真面目，只缘身在幸福中。

— 295 —

6月6号。

闹钟响了，我关了它，很想再继续睡一会儿，

“早啊。”法法爬上来，

我睁开惺忪的双眼看着他，“早啊。”

“在你去上班之前，让我来给你精神抖擞下吧？”他一脸坏笑。

我忍不住也咧开嘴，“是哦？对我这么好？”

“不过你不要对我好，”他眺了眺他的眉毛，“你可以对我很坏很坏。”

“哈哈哈。”

我踢开被子，抱住他。

— 296 —

6月7号。

闹钟响了，我还没来得及关了它，法法就关了它。

"嗨。"他揉着我的头发，

"哦，嗨，"我连眼睛都懒得睁开。"你都不用上班，老是这么早起来干嘛？"

他吻了下我的鼻头，"干这个啊，趁你还没跑去上班之前…"他亲我的脖子，

我缓缓地睁开眼睛，"说到上班，你真的应该去找个活干了。"

他钻进被子里

"哈哈哈，讨厌啊你"我闭上双眼，享受起来。

—297—

6月9号。

早上，我约了七七去逛集市。

今天天气格外的好，透过墨镜的天依然很蓝，像是后期制作的一样。

路过一个小女孩，穿着粉色的蓬蓬裙，手里拿着一个黄色的棉花糖，

我看着她，不经意地露出一丝笑意。

"你今天怪怪的。"七七看着我，诡诡地说。

"你才怪怪的…"我懒得理她，前方路边有个卖气球的小摊。

"哦！气球！我超喜欢气球！"我吃着手里的冰激凌指着气球说，

"你超喜欢气球？你什么时候开始喜欢气球的？"她把墨镜拉到鼻尖，鄙视地看着我。

"一直都喜欢，怎么了？"我舔着冰激凌，含糊地回答，

"你今天…你今天很出奇的开朗。"

我咽下嘴里的冰激凌，看着前方，微笑的小得意地说："我和法法恢复性生活了。"

"噗"她嘴里的咖啡喷出来，我把裹着冰激凌的纸巾给她。

她擦擦嘴说："哎呀，我的耳朵！怎么都没个预告，说这么直接！"

我继续直接，可能有点小显摆的心理吧，

"很频繁，天天做。你也知道的，他现在天天闲在家里没事做。"

“小心身体啊你！”被白眼，

“你就是嫉妒。”我用肩膀蹭她。

七七平和下来又正经地问：“所以，你们俩现在好些了？”

“应该吧，我也不知道是因为他现在没工作，所以他很无聊呢？”

我走到气球摊前买了一支红色的气球，继续说：

“还是他刚戒掉一个瘾，要拿一个新的东西填补那个空缺？

反正他最近非常沉迷于这件事情。”

“我觉得他应该赶紧找个工作。”七七的这个建议我早就所见略同了。

“我也这么觉得。”

“我觉得他还没有回到现实，

他离开了四周，然后现在又天天窝在家里，

找个工作去上上班，会让他回到现实。”

“可能吧，”我口袋里的手机震动了一下，

时间：早上11点47分。

短信：“你等下回来有惊喜哦，:p”–法法。

看着短信，露出七颗牙的我说，

“或许是我还不想让他回到现实…呵呵。”

“为什么？”七七不解地看着我。

我大笑着说：“因为现在很爽啊。”

她抢过我手里的气球。

— 298 —

6月10号。

晚饭后，法法收拾桌子，我把洗衣机里洗好的衣服拿出去挂起来。

不一会儿，他也来到后院，从背后抱住我，开始亲吻我的脖子，

“你干嘛呀？”我用头顶顶他的头，

“这还看不出来啊？”

我放下手里的衣服，转身一本正经地和他说，

“我看出来啦，就你现在这么沉迷于肉体，我倒是没什么意见，

不过，虽然你能坚毅那么久，不代表你就应该坚毅那么久，

有些事情不是你能做到就应该去做的。

我的意思是，你应该去找份工作了，你不能一直就‘这样’来打发时间。”

他摆出一脸无辜萌的表情，“我只是想确定你还是爱我的，

当我们‘这样’的时候，我能看见你眼睛里面的爱，很肯定的爱。”

我试图抵抗他的眼神，

“我们一起走过这么多，你自己想想我到底爱不爱你？”

“我不要去想，我去感受。”

他一口吻过来，

那种轻吻的感觉，

没有任何东西是那种味道，那种感觉。

他把我抱进客厅的沙发。

— 299 —

法法躺在沙发上喘息，

我披上浴袍，去厨房倒水喝。

“我不想找一个工作。”他终于正面地回答了这个问题，

“可是…”不等我说完，

“我想去念书。”

“念书？”

“我现在法定结婚了，所以我现在是新西兰的本地居民了。

本地居民上大学很便宜的，而且还可以申请学生贷款，现在去念书再合适不过了。”

我给他也倒了一杯，递给他，“那你要念什么？”

“我想去读医。”他一口就把整杯水都喝完，

“你都这把岁数了，你读医？”

“我的这条命是医生救回来的，

就像你说的，我死了三分钟，但是又被救回来了，

这很神奇啊！

我也想去为他人做这么神奇的事情，也算感恩吧。”

我一时之间也不知道要说什么，

我只知道，我必须要有他。

— 300 —

很多人都认为性是性，爱是爱，把性和爱分的很开，

你可以和一个人有天雷地火的性，但不代表你对他有一丝感情。

可事实上，科学并不赞成这个看法。

当你做爱的时候，做让人汗流浃背，气喘吁吁的爱的时候，

你的大脑会在你高潮的时候，释放一种荷尔蒙，

这种荷尔蒙会让你感觉一丝心动。

所以从理论上讲，如果你和一个人有很夜夜笙歌的性生活，

你可能就会不知不觉的爱上他。

起码，你的大脑会这么认为。

有趣的是，绝大多数的人都不知道有这么一回事，

结果，你就在不知不觉中，天雷地火，汗流浃背，气喘吁吁，夜夜笙歌中越来越爱那个人。

46

考

Am I good enough

— 301 —

新的开始，每年都会发生，

当你挂上新的日历，翻到一月那一页，

你做新的计划，走新的路，对自己说，今年会是不一样的一年。

可是一定要等到新年吗？谁来决定旧的结束，新的开始？

新的开始，不是日历上的第一个日子，不是生日，不是新年。

新的开始，是一个决定，或大或小，但是能够改变我们的决定。

它带给我们希望，带给我们一种新的态度去看生活，

放下旧习，放下回忆。

其实也是个疯狂的决定，不是吗？

我们还是同样的人，我们还在做同样的事情，

但是我们期待这次的结局会和上一次不一样。

所谓的爱到痴狂，也就是这个意思吧。

所以，我痴狂地决定，同意让法法去读医，决定我们需要这个新的开始。

— 302 —

6月11号。

下班回家路上，我买了外卖。

“我回来了。”我进门。

“我今天去了趟大学。”法法迫不及待地说，好像等了我许久，

“哦，好啊，万事开头难，怎么样？”我放下外卖，脱下外套。

“要去考一个入学测试，叫UMAT　。7月底就考了，还剩一个半月。”他递给我几张表格。

我看着那些入学要求，问：“那你要考么？”

"恩，考。"他很有斗志的样子，

"你以前化学生物怎么样？"

"挺好的，不过现在都不记得多少了。"他打开外卖，装盘。

"去把往年考卷找出来做做，看看范围题型什么的。奥大不是很难的，我当年考试都很容易过的。"

我当年念奥大的时候的确很好过，不过读医应该不会那么容易，但是我还是鼓励他。

"希望是吧。"他把晚饭的盘子递给我。

— 303 —

6月29号。

快三周了，法法几乎每天都会去图书馆，苦读。

我给他泡了杯咖啡，端去书房给他。

"你知道吗？人打颤，是因为身体本能的保暖行为。"他头都不抬地说。

"Hello，Dr. Mendez，你要给我做个全身检查吗？"我逗他，

"很有意思，难道你不觉得？"他拿过咖啡，头还是没抬。

我握着我手里暖暖的咖啡，倚着书桌，看着窗外说：

"你当医生以后，我能不能就在家？出版社也挺无聊的，我在家可以做个全职作家。"

他依然滔滔不绝他的复习，他这个样子已经好几天了，

"我们在水里泡久了以后，手指会变的皱皱的，

是因为多年的进化，使我们在手湿的时候，也能有足够摩擦力来拿住东西。"

我也懒得回应，他这几天来就像个在读百科全书的小孩。

"我早上起来可以去遛遛Astro，然后坐在书房写作，下午可以出去跑个步，回来打扫打扫卫生，在你回来之前把晚饭做好，然后一边吃，一边听你说你今

天在医院做了什么惊人的手术。”

“你到底有没有在听啊？”终于，他抬头了。

“我们又颤抖又起皱，因为我们要活下去。我要去做瑜伽了。”

我亲了下他的头，揉揉他的头发，走了。

下楼前，我回头看了看他埋头的背影，顿时感到一丝久违的踏实。

— 304 —

7月14号。

离考试的日期越来越近了，法法开始坐立不安。

奥克兰的冬天就是阴雨绵绵，难得今天天晴，我拖他出门一起去遛狗，放松一下。

“可能我是不适合读这个。”

我知道他最近开始紧张，但是没想到他会想打退堂鼓。

天很冷，我围紧围巾，说：

“是你自己要读这个的，你开了个头，

好几个月无所事事之后，你告诉我，你要读这个的，

起码也该结个好尾。”

“可是真的好难啊！我真没想到会这么难！”他还是一口赖皮的语气。

我有点生气，母亲从小就对我说，想做就会做，不想做就会有理由，所以我很讨厌满口借口的人。

“当然会很难，这是读医！某人的生命会在你的股掌之间，某个人的一生会都指望在你的抉择。

所以，当然会很难。可是，回报也是会值得的，会值得的。”

“你不懂。”他在长椅上坐下，

我揭开Astro的项圈，放他自己去跑。

“我懂的是，这几个月以来，对于我来说，真的是死去又活来的。

这几个月是对我的考试，是对我们之间感情的考试，

我们之前建立的感情，我们之前努力的感情，都被考验到了极致。

当时真的好难，我也从来没有想到会是那么的难。

可是我没有放弃，我没有放弃我们，我没有放弃你。

因为我开了个头，因为我爱上了你，所以会竭尽全力去结个好尾。

虽然，我其实并不知道我们到底能不能走到最后，但是我们起码得去试。

所以，你现在也起码得去试，

试着去考过这个测试，去开始你下一页的生活，我们才能开始我们下一页的生活。”

“我…”他想打断我。

我坚定了语气：“我从来都没有放弃过，现在，你也不可以。”

他终于明白了我说的不再只是他的考试，他知道如果他现在放弃他的考试，我就会放弃他。

Astro跑回来，听到我们严肃的语气，它也只是安静地坐在一旁等待。

法法整了整理他的语气：

“自从我回来以后，你都一直很耐心地对我，

你说你认为你该说的，你做你认为你该做的，你没有离开我，这都是因为你爱我。

但是我知道，你心里其实是害怕的，不安的，愤怒的。

你还是很气我，这没什么，经历了这些，你应该气，应该对我发火。

可我知道你不想对我发火，因为你想做理智成熟的那个人。

不过，没关系的，你对我发火吧，只要我们还在一起，我们可以一起害怕，一起不安。”

我给Astro带上项圈，站起来，

“回家吧。”

— 305 —

7月31号。

今天考试，我中午送他去考场，

他下车前，我问他："感觉怎么样？"

"很紧张。"他的眼里很慌，

我拍拍他的腿，"记住，无论考的怎么样，天黑的时候，我都会来接你，一起回家。"

他靠过来亲吻我，我给他安慰。

— 306 —

晚上去接他的时候，天又开始下雨，

我停路边的时候，他还没看到我，我按了按喇叭，他才看过来，一路小跑上车。

"怎么样？"

"应该没什么希望。"他很失落，

"没关系，我们还有希望。"

回家的路上，他没有说话，车里只有雨和雨刷的声音，

我单手开车，另一只手牵着他。

无论他挂没挂科，我知道他没有放弃，所以我也不会放弃他 。

— 307 —

考试，

我们都考过，都恨过，都pass过，起码pass过一些。

考试是一个很直接明了的方式来告诉我们，

我们是否够优秀，我们是否做了足够的功课，我们是否可以继续走下去。

所以我们埋头苦读，几小时，几天，甚至几周的埋头苦读。

因为我们知道，挂科不是一个选择。

可是如果你挂了呢？

如果你就是不够优秀，你所有的埋头都白费了呢？

接下来又要怎么做？

是要从头再来？

还是就干脆放弃了。

47

刚站稳脚跟

Just when you think you are back on track

— 308 —

8月1号。

闹钟还没响，我就醒了，看着手机上的时间，离闹钟还差一分钟，

转身，法法已经不在床上。

洗漱后我下楼，他在院子里抽烟。

“这么早就起了？”我问他。

“没睡好。”他一脸倦容。

“你考试成绩什么时候公布啊？”我亲了下他的脸颊，可怜他。

“9月底才出来。”他熄了烟，回亲我的脸颊。

“那你这两个月有什么打算？”

“我还不知道呢。”

“要不要来给我打工？”我笑着问他，

他一脸疑惑地看着我，“给你打工？”

我们走回屋内，我一边做吐司一边解释，

“我们经理有事请了6个月的假，让我当6个月的执行经理，还说这段期间我可以请个助理。”

“所以，我是在家给你端茶倒水，再去公司给你端茶倒水么？”他倒了一杯煮好的咖啡给我。

“当然会有其他的工作，不过，恩，端茶倒水是少不了的。”我满意地笑着接过咖啡。

“好吧，反正在家也是闲着。”

“不过我事先声明啊，公归公，私归私，在家不谈公事，在公司不谈家事。

我有的时候可能会上火，或者不耐心，但是我是你的上司，你得忍着。”

“没问题，Madam！”他给我鞠了个躬。

— 309 —

8月5号。

法法第一天给我上班，被我呼来唤去一上午，中午又被我派出去送快件。

我坐在经理办公室里吃午饭，同事Candice路过，探头进来：

“你这个助理哪请的啊？”她脸上写着八卦二字，

我咽下嘴里的食物，“嗯，他是我爱人。”

她一脸错愕：“你结婚啦？然后连我都没请？”

“我谁都没请，因为根本就没有办婚礼。”

她不请自来地坐下，“你也太幸福了，结了个超模啊。”

“他不是模特。”我嘟囔着继续吃。

“那多浪费啊，当模特总比当助理有意思吧，

你应该给我们常用的那个经纪公司打个电话，让他们把他给签了。”

其实她这个建议也不算太糟。“我就是不要和世界分享他。”

“呵呵，世界不行就算了，你要是想和我分享，随时来电啊。”

碰巧我电话响了，“不好意思，我要接个电话。”

“你忙吧。”她终于走了。

— 310 —

下班回家的路上，我开着车，“怎么样？第一天上班下来。”

“还行，没什么特别的，也没指望它能有什么特别的，当助理就这样嘛。”

他调着电台，寻找着他喜欢的歌。

我决定采纳Candice的建议，“你当过模特吗？”

他找到一首他喜欢的歌，消停下来，

“年轻的时候当过一段时间，在巴黎，也就玩票，没多正式。怎么了？”

我把电台的音量关小了点，

“我同事说，你不去当模特太浪费了，助理这么无聊，你要不要去兼职做个模特？”

“给谁做啊？”

“我们杂志经常用这家经纪公司，他们旗下有模特也有演员，你要不要去试试？”

“行啊，反正现在大把的时间。”

他把音量又调大了些。

—311—

8月7号。

早上，我放了法法的假，让他去经纪公司去面试，

11点不到他就回来了。

我放下手上的稿，“怎么样？他们怎么说？”

他眼中的消极感少了几许，

“他们说我的外形还不错，但是年级有点偏大，模特类的活可能接不到太多，

应该更倾向电视广告或演戏。”

“那挺好啊。”我很开心看到他眼神的变化，

“这个周末会去参加他们的一个培训，教我们试镜的时候都要注意些什么。”

“很好啊，你得奥斯卡的时候，获奖感言一定别忘了我啊。”

我鼓励他，我希望他能从两个月前的事里真正走出来。

“怎么会。一定第一个感谢你，然后泣不成声。”

—312—

8月13号。

法法一脸笑容的跑来我办公室，

"告诉你哦！我今天有个试镜！"

"真的？这么快就有活儿啦？"

"是一个咖啡的广告，他们要一个有法国口音的男生。"他兴奋地解释，

"这么好！台词是什么？"

"请问要加糖吗？"他刻意加强了他的法国口音，

"要，我要加糖！"我站起来给他一个拥抱。

— 313 —

法法下午溜出去试镜，没一会儿就回来了。

"试镜如何？"

"我当时挺紧张的，不过总体应该ok。"他像一个第一天去上学回来的小孩一样兴奋。

"试镜的人多吗？"

"好几个，都是很帅的男生。"他第一次对自己的外形没有自信，

"比你还帅？"

"比我还帅。"

"怎么可能！"我给他打气，"试镜是哪个卡司公司？"

"是Barefoot卡司。"

"哦。"我知道那家公司。

— 314 —

8月14号。

时间：上午10点00分。

我拨了一个电话号码，

"嗨，Craig，嗨！我是Ellie，是Noir Quarterly Magazine的，你好！"

我拿出好久不用的官腔的热情，

"哦，嗨，Ellie，你最近怎么样？"幸好他还记得我是谁，

"都挺好的，跟你说个事，你最近是不是在做一个咖啡广告的卡司？"

"是啊。"

"我的爱人去试镜了，演那个有法国口音的人，你能提拔下吗？"

做这种拉关系的事儿，让我浑身不自在。

"他叫什么名字？"

"Fabrice Mendez"

"哦，他啊，我记得他，哈，你太有艳福啦。

他表现的还行，我们本来就打算把他推荐上去，不过你也是内行人，

我们推荐三四个上去，最后敲锤子的，还是客户。"他温和地推脱，

"我懂，我懂，不过我也知道客户也很听你们的意见，

他前段时间挺低谷的，如果你让他忙起来，会对他有挺大帮助的，反正你就看着办吧。"

我温和地再攻。

"行，我会尽力的。"

"那谢谢你了。"

"下次你们要雇卡司公司的时候别忘了我就成。"

天下没有免费的午餐，借来的人情早晚要还的。

"放心，不会的。"

—315—

8月16号。

法法做助理已经很游刃有余了，虽然才来公司一周，什么都很驾轻就熟了。

不过我最享受的，就是同事们看他的眼神，

我看着玻璃门外的他，走来走去地忙，

路过的同事的眼神都跟着走来走去，但又假装没在看。

法法的手机好像响了，他从口袋里掏出手机听，

同事们依然忍不住的看他，

而他不知道听了什么好消息，满脸灿烂，向我这方向走来，

我赶紧也假装没在看他，一副专注的表情看着电脑屏幕。

“亲爱的，我有一个好消息，也有个坏消息，你要先听哪一个？”

他走进来，还关上了办公室的门，

我故意多盯了电脑几秒，才缓缓地转向他说：“坏消息。”

“坏消息是，我这周日不能陪你去看你朋友的画展了，

好消息就是，我拿下了那个咖啡广告，这周末就拍！”

“太为你开心了！”

余光看到玻璃门外投射过来几缕眼神。

—316—

时间：晚上8点25分。

我打电话给七七，

“喂，你周日下午干嘛？我本来要和法法去看一个朋友的画展，但是他现在要去拍广告，

我又不想一个人去，你要不要陪我去。”

我很久没有这么轻松的心情了，语气都透着笑容。

“哦，恭喜他，这么快就拍上了。但是，我不行耶，我周日有事儿。”

“哦，好吧。”有点失望。

“我周六要去找Tony，那个纹身店那男的，不知道你记不记得。”

我愣了一下，听到那个名字，汗毛都立起来，

“哦，他哦，恩，我记得。他最近怎么样？”

忍不住的，我还是多问了一句。

“不是很好。”

“怎么说？”还是忍不住地追问，好奇，也愧疚，

“他好像被人家甩了…“

—317—

8月19号。

和七七在医院做膜片的时候，也做了例行血检。

做完之后，我便和七七去看画展。

时间：下午4点15分。

未知号码来电。

“喂？”

“是Ellie女士么？”

“是的。”

“这里Auckland　Hospital，你的膜片结果要下周才出来，但是你血检已经出来了，

一切都很正常，但是你知道你有孕在身吗？”

“是吗？”我的心沉了。

48

给我一个理由

I need a reason

—318—

我们长大以后，天如果塌下来，谁撑着？

只有我们自己吧。

当我们的天第一次塌下来的时候，我们才知道，它能塌得那么快，那么彻底。

经历了失去，才会知道什么对我们来说最重要。

常常在这种时候，我们变得更坚强，更智慧，

天再塌的时候，我们便知道了如何去应对；

不过，那是大部分情况，

也有的时候，天塌的时候，我们依然不知所措。

—319—

8月19号。

“我怀孕了。”我傻傻地说，

“真的假的，你20岁那次意外之后，医生不是说你这辈子都不会怀孕了吗？”

“我知道啊！”

“那恭喜你啊！”

“可是…”

“可是什么？”

“可能不是法法的。”

“我的妈呀！怎么可能？！那是谁的”

“纹身店的Tony。”

“怎么怀上的？什么时候的事？为什么就…我都不知道要先问什么？！”

“我在巴黎的时候和他偶遇了，之后我们就保持了联系。

法法吸毒过量差点死掉的时候，我需要找个人说说话，当时你出差了，所以我

就去找了他。

法法消失的那段时间，他就一直陪着我，每天都是。

我们就越走越近，开始暧昧，

他无家可归的时候，我让他搬到我住那里的客房，后来就在一起了，直到法法回来。

我知道，听上去很混乱，因为实际上就是很混乱。”

“我不敢相信的是你竟然没有告诉我，这么长时间以来，你一个字都没提过。”

“那段时间对于我来说，太黑暗了…我本来是要告诉你的。

可是我和他，还没开始就已经结束了，然后我就觉得，告诉你也没什么意义了。

求你别生我的气，我当时满脑子都乱，自己都不知道自己在干什么。”

“你这两个月没来例假你就没去查一下？”

“我向来都不准时啊，最近又出这么多事，我就以为压力大没来，

而且，你都说啦，之前医生都说我这辈子都不会怀孕了，我就根本没往那儿想啊。”

“那你现在打算怎么办呢？”

“我也不知道。”

“你想要这个孩子吗？”

“我想要一个孩子，我向来都想要一个孩子，我只是不确定我想不想要这个孩子。”

“那就不要。”

“但是，这可能是我有孩子的唯一的一次机会。”

“可是，这是要一个孩子的正确的理由吗？”

“那什么才是要一个孩子的正确的理由？”

“我不知道，我还不是一名家长。我只是觉得你应该思考思考这个问题。”

— 320 —

8月20号。

“我是每次有事找你都必须要来你上班的地方吗?!”

“你不必做任何事情，你来了我也没话和你说。”

“为什么躲着我?”

“因为时过境迁，因为你没有选择我，因为我应该得到最好的，我能说出一大堆理由，你都要听吗?”

又一次对Tony产生失望的感觉。

“我怀孕了。”

他不知道如何反应，

“可能是你的。”

“你是要我陪你去打了吗?”

“你就完全不想要?这也是我的孩子啊!”

“这就不是一个孩子!这个东西，这个长在你身体里的东西，它不是一个孩子，它是一个毒瘤。

一个孩子，是人和人因为爱而带到这个世界来的小生命。

你和我之间，没有爱，从来就没有爱，也不会有爱，

所以，不应该把这个东西带到这个世界来，你应该把它割掉。”

“你是不喜欢孩子吗?”

“我喜欢孩子，将来有一天也许我会有个孩子，我只是不想和你有个孩子。”

“这个你叫做‘毒瘤’的东西，它可能已经有心跳了，你不能说不要就不要，我就完全没有发言权吗?”

“好!你有发言权，你说要，不说不要，一票对一票，那接下来要怎么做?!”

…

“你看吧?也没话说了不是。你要生就去生，反正我是不会认的。”

好刺耳的话!

我的眼泪止不住的流，我没想到他会如此狠心，是我伤他太深了吗?

—321—

8月22号。

早上没去上班，我便杀去母亲那里，她是我可以“咨询“的唯一的家长。

“妈，你生我的时候，你都准备好了吗?“

“你怎么了?“

“你就先回答我嘛。你生我的时候，你都准备好了吗?”我就站在门口，没有要进去的意思。

“我…我根本就没想那么多，那个年代，谁会去想准没准备好，可能根本都没有去想的选择，

那个年代，结婚了以后，大家都指望你接下来就生个孩子，我也就生了。

就算当时没准备好，也得逼自己准备好，赶鸭子上架吧。

再说，这东西，有谁准备得好，永远都准备不好。

你以为你爸走的时候，我准备好了? 我准备好去做一个单身母亲了?

这东西，等发生了，你就准备好了，因为你就没退路了，必须准备好。”

“所以，爸走的时候，是不是很难，做为一个单身母亲?”

“是很难，非常难。”

“就是因为非常难吧，所以当你18岁的时候我才那么难过，

我觉得自己是一个失败的母亲，我辜负了你，辜负你的父亲，那么多辛苦，都白费了。

当然啦，现在我也明白了，你只是没有长成我希望你长成的一个人，可是，你还是成人了。”

“那如果，如果可以再重新来过，你还会要孩子吗? 会要我吗?”

“当然，可能不会那么年轻就要孩子，会等几年，但是还是会要孩子，还要你做我女儿。“

“爱你。”我吻了一下她的额头，转身就跑回车里。

“出什么事了？”母亲对着我背影喊，

我启动车，对她挥了挥手。

“慢点开！”

— 322 —

到家的时候，法法已经结束了当天的拍摄，坐在沙发上看电视，

见我进门，刚想兴奋地和我分享他第一天在片场的经历，就被我无情地打断了。

“我要和你说件事情，是关于Tony的。”

“God，又怎么了？”

“我怀孕了，不过孩子可能是他的。”

“哦，God，那你打算怎么办，你想要这个孩子？”

“我不知道，我认为我想要，

我20岁的时候一次骑马，从马伤摔下来，医生说我这辈子都不会有小孩了，

结果现在…我一直都想要一个孩子。

我不知道，你觉得呢？”

“这段时间以来，当我需要你的时候，你都一直在我的身边，

所以，如果你想好了，你决定要这个孩子，我也会一直在你的身边。

不过，孩子，是人生的一大步，你必须坚定你要这个孩子的理由，是一个正确的理由。”

“我知道。”我没想到法法竟然这么支持我。

— 323 —

8月24号。

法法在片场还没回来，我在家换床单，

不经意的，又看见了他的日记。

自从他考完大考之后，我还没看过他的日记，

我又忍不住去看。

“8月23号，

她今天告诉我她怀了那个男人的孩子，我一下子想到我姐当初怀孕的时候，

她根本就不喜欢小孩，但她没有去做人流，因为她的男友。

因为她太爱他，可是他并没有那么爱她，

因为如果他爱她，如果他爱过她，他就不会去逼她做这么一件她不愿意做的事。

生下了这个孩子，绝对是对姐姐折磨，

试图去爱一个她不爱的孩子，对这个孩子也是折磨。

Ellie曾经感受她的母亲的冷漠，那是多大的折磨。

我希望她能做个正确的决定。“

法法说的，一针见血。

— 324 —

我想要一个孩子，真的，我真心想要一个孩子，

但是这不仅仅是关于我想要什么，

这件事还牵扯到另外三个人，

法法，Tony和我肚子里的孩子。

这不仅仅是关于我想要什么，也是关于法法想要什么，Tony想要什么，

还有到底什么才是对孩子最好的。

Tony看来是完全不想要这个孩子，有一个不想要孩子的生父，对于这个孩子来说也太不公平了。

我不能只自私地想我要什么，这件事大于我，

我没有一个好理由来要这个孩子，我决定不能要这个孩子。

— 325 —

8月25号。

我中午从公司溜出来，跑去见Tony。

我缓缓地走近Nothing but Ink，缓缓地走到他身边，

我小声地说："嗨。"很伤感突然。

他回头看看我："嗨。"，

我深吸一口气，把在一路上准备了好几遍的话，说给他听：

"我真的想要这个孩子，真的，

但是我要先说服你，我要给你一个理由，一个对的理由，

让你心甘情愿地也要这个孩子，因为你是他的生父，

所以我开始思考，我开始寻找。"

我有些哽咽，

"但是…我什么都没有找到，我没有找到一个可以给你的理由，

我连一个可以给我自己的理由都没找到。

想要得到一样东西，并不是拥有这样东西的理由。

我同意的你的想法，正确的决定是应该流掉这个孩子，"

他吸回眼里的一丝泪光，

"某种程度上，我有点希望你能说服我，说服我留着这个孩子。

很无奈有没有，正确的决定是去结束一个生命，很无奈。"

的确很无奈，他看着我，我没有勇气看他，我看着墙角的垃圾筒，

几十秒过去了，没有人说一句话，

“你去医院的那天，我能去吗？我想在场，起码这样，我也觉得我做了些什么。”

“你来吧，也算和我和孩子最后一次道别。”

— 326 —

8月28号。

从医院回到家，走过走廊，感觉好像有什么不一样，

我退后几步，凝视着走廊，

终于，我看出了什么不一样。

那张照片，那张我和法法在Nothing but Ink 纹 ‘Je suis marié’ 的照片，

不在墙上了，一定是法法拿下来了。

他是给我一个信号：‘我不希望我的生活种有一丝和Tony有关的事物。’

— 327 —

当你意识到正确的决定竟然是去做这么残忍的事的时候，是多么的无奈。

有的时候，生活就这么的残忍，这么的无奈。

49

美梦成真

Life is good again

— 328 —

9月30号。

今天是医学院公布成绩的日子，一大早我和法法就坐在电脑前等待成绩。

他点击阅读邮件，我看着他的表情，严肃的表情，

“怎么样啊？”我忍不住问。

他遗憾地说：“我没被录取。”

“难过吗？”

“也还好，我很想读医，我也全力以赴了，有的时候，能做的也就这么多了。”

“没错，再说，你现在有新的工作了。”我给他一个拥抱，亲了一下他的额头。

“那能算工作吗？”他喃喃。

“别人花钱买你的时间，那就是工作。”我又鼓励地亲了下他的额头。

— 329 —

10月10号。

我在窗口抽着事后烟，洗完澡的法法倚着浴室的门框，

他擦着头发，问：“你明天要我陪你一起去吗？”

“哦，明天…，”我两秒才缓过神来，“嗯…，你明天不用拍戏？”

“我挤得出时间，这么重要的事。”

他浴巾丢向我，示意我去洗澡，

我捡起浴巾，“我打算下班以后开车过去，你5点来我公司，我们可以一起去。”

“你妈也一起去？”

“不，她白天的时候就会去了。”我走近淋浴打开热水。

“行。”他上床捧起一本书，读起来。

— 330 —

10月11号。

黄昏中，我站在风里，站在爸爸的墓碑前，我很平静，

“爸，你在那边过的好不好？

我今年发生了好多事情。”

我拿着抹布擦着他的墓碑，法法在我背后，大概十米的距离，远远地看着我，

“我结婚了，正儿八经去登记结婚了，不仅只是纹个身，

他就在我背后，我让他远远地站着，因为我想和你单独说说话，

我和妈今年也和好了，也经常联系，我对这事儿很感恩。

去年过圣诞的时候，她把你的结婚戒指给我，

那个戒指让我很想你，很想。可是，很抱歉，爸，我把那个戒指弄丢了，

我今年还差点就当妈妈了，不过时机还没到吧。”

擦干净了墓碑，我坐下，背靠着墓碑，点了支烟，

“我想你，爸，虽然你只陪了我8年，但是我就你一个爸，

是你教会我如何微笑，如何在困难的时候微笑，所以我才挺过今年，

如果将来有一天，我真的能当妈妈，我希望我能成为有你一半好的家长就好了。”

我掏出在华人超市买的二锅头，

“我知道你不喜欢花，所以我照例带了白酒给你。”

我拧开瓶盖，喝了一口，又拧上瓶盖，把酒放在他墓前，

我站起来，掸了掸身上的尘土，

“我和妈妈一直都很想你。”

我亲了一口墓碑，转身离去。

法法搂着我，什么都没说。

— 331 —

11月10号。

下班回家后，我很兴奋，可是法法拍戏还没回来，

我一边焦躁地等他，一边做晚饭。

听到他车子的声音，我便立刻跑到门口去迎接他，

他走进门，我咬着嘴唇，说：

“我今天做了件疯狂的事情。”

他靠过来，亲了我一下：“说来听听。”

我的语速有点快：“今天我26岁了，中国有句话叫‘三十而立’，

意思就是说，30岁的时候，应该有所成就了。

我不到30就而立了。

然后你想去读医的努力给了我很大的启发，

所以我今天做了件疯狂的事情。”

“铺垫完了没？”被吐槽，他走去厨房，看见我烧好的回锅肉，拿起一块来尝，

“我去我们出版社工作不是为了就做做编辑，写写专栏的，

我当初加入我们出版社是为了写一本书，出版一本我写的书。

你知道，我过去这5年以来一直在写一本书，

今天，我把书的初稿那给书籍部的总编辑看了，他看完之后会通知我的。”

他抹去嘴角的油，开心地说：“哦，这是大好消息啊！”

“大好消息是如果他们决定出我的书，那才是大好。”

“我知道，但是还是很好啊，总算迈出第一步了嘛。”

他又拿起一块回锅肉，喂给我。

—332—

12月04号。

法法坐在床头看他的书，我坐在床尾给他剪脚指甲，Astro也坐在床上看着。

他突然放下书，“还没有你书的消息吗？”

我头都没抬，专心地剪着指甲，

“没有，不过我能做的都做了，现在就只能等。你呢？最近戏拍的如何？”

“我经纪公司让我去学美国口音。”

“为什么？”这下我抬起头来。

“Pilot season 快到了，公司要我准备准备。”

“什么是Pilot season。”

“就是编剧和制片人向电视台提案新的电视剧，

他们会先拍一集做为样片放给电视台总裁们看，这集叫Pilot episode。

在拍摄之前，他们会为了Pilot episode在美国本地以及全球各地找演员，

选卡司大多都在一月份，这就是Pilot season。”

我忍不住逗他：

“所以你是要去美国？你还记得我前男友吗？他就是要去美国，结果！”

“没有啦，经纪公司说，我不能就这么一直拍本土的电视剧，

新西兰的市场太小，想要演好戏，就得去美国。

不过，现在，只是学学美国口音。

如果我真的被选去拍一集Pilot episode，我也就去个几周，拍完就回来了。

如果电视台喜欢这个剧，决定拍一季，那我就会去个大半年，

但是你可以一起来，到时候我就养得起你了。”他一副很有成就感的样子。

“恩，好吧，到时候我就可以给你们写剧本，你得帮我牵根线。”

“呵呵， 成，”他放下手里的书，向我爬过来，

“不过不要异想天开，我得先把这美音学好了再说。”

Astro很自觉地跳下了床。

— 333 —

12月20号。

今天是圣诞节前最后一天班，

上周法法的戏就杀青了，我回家的事后，他已经在做饭了。

“我有一个好消息，和一个坏消息。”我一脸尴尬，

“好消息先。”他给我到了杯白葡萄酒，

“书籍部经理很喜欢我的初稿，他们想要帮我出这本书。”

他转身把我抱起来，

“太好了！我的天呀，亲爱的，你的梦想就要成真了！那坏消息呢？”

“他们有一个要求。”

“什么要求？”

“他们想我们办一个婚礼。”我饮下一大口葡萄酒，

“啊？”他皱眉。

“你现在也算是个本地小生了，小有名气，

如果我们结婚，接受采访，上个杂志什么的，

增加我的曝光率，给我的书造个势，

我知道，很扯淡，都是他们公关…”我想解释，我也知道这个要求有点过分。

“这算什么坏消息？！”

法法的回答，让我出乎意料，“这不算坏？”

他一脸坏笑地走近我，“你是忘记了我有多想要一个婚礼了？

但是你不愿意！所以我才不在意是不是为了造势呢，

对于你们公司来说是为了造势，对于我来说，根本就美梦成真，好不好！？”

说着说着，他自己越来越兴奋！

“天呐，我得邀请我爸我妈，还有Klara！”

“所以你愿意吗？”我也被他的热情感染了，

“我当然愿意！这真是最棒的圣诞节，没有之一！”

他转身给自己的酒杯加满。

— 334 —

真的是最棒的圣诞节，没有之一。

生活又风调雨顺了，每天早上又值得醒来了。

我爱的人终于又是我爱的那个人了，

我的母亲今天又邀请我去一起过圣诞了，

我的出书梦就要成真了。

生活太美好了，

太美好了，

以至于，在那一瞬间，我忘记了我一整年来经历的所有的痛。

50

良辰吉日

The day of our wedding

—335—

1月7号。

我约了七七去Mojo喝早茶，我假装地一脸平静，

“跟你说个事，你应该会喜欢。”

“Ok。”她表示怀疑，

“我要办一个婚礼，你是我的伴娘。”我迫不及待看她的表情。

“OMG！”她上蹦下跳地尖叫，整个店的客人们都看过来，

看到她这样的反应，我也满意地笑起来，

“呵呵，好啦，冷静冷静。”我拉她坐下。

“你知道这是你第三次告诉我你要结婚了吧？”还是得被她损一下，

“哈哈，事不过三。”

七七冷静下来：“我能问问为什么现在结？“

“我要出一本书了，我的出版社觉得如果办个婚礼，可以给书造个势，

你也知道，因为现在法法小有名气。

所以本来是出版社的主意，但是法法一直都想办个婚礼，所以就办一个。”

她一个问题接着一个：“选日子了没？”

“应该挺快的，因为书应该不久就出版了，所以可能3月中旬吧，

夏天的尾巴，还挺暖和的时候，女生都还能穿裙子，又不是很热，男生穿礼服

不会出汗。”

她又兴奋起来：“天哪！好激动人心啊，你们准备请多少人？”

“不准备弄大，我妈，Martin，还有Anderson，然后法法的父母，还有他姐，

还有一些朋友，出版社的几个人，一共也就40到50个人。”

“你没多少时间了，还有一大堆东西要计划呢，你忙的过来吗？”

我早就意料到她会问这个问题，我自豪地说，

“我全都交给法法啦，让他办一个他梦寐以求的婚礼，他的所有要求，我都是

yes。不过婚纱还是要你陪我去选。”

“我真的是为你开心。”她泪水盈眶。

“谢谢，亲爱的。”我的鼻头也酸酸的。

“你终于得到你圆满的大结局了。”

“嗯，呵呵。”

七七站起来，给我一个长长的拥抱，

“哦！”她又兴奋起来！

“怎么了！”

“有一东西是法法帮不了你，必须是你自己亲手来的。”

“什么啊？”

“你的誓约！”

“哦，应该还好吧，我是个作家，写个誓约没问题的。”我毫无压力。

— 336 —

2月21号。

已经一个多月过去了，还有一个月就婚礼了，

我还没写誓约。

写誓约，比想象中的难很多，

要写的坦白，却不苍白，

要写的温暖，却不做作。

…写不出来。

— 337 —

3月22号。

天公作美，蓝得让你忍不住地露出一丝笑容，

我已经快24个小时没有见到法法，

我穿着定制的婚纱坐在包房里，法法在大堂迎接宾客。

整个酒店布置的很美，花，灯，蜡烛，灯光，

法法梦寐以求的婚礼和他表述的一样美。

“准备好了没？”七七问我，

我一脸从容，声音却略带颤抖地说：“我还没写我的誓约。”

“什么?！”她大声质问，一些宾客随着声音看过来，她又小声地说：“还没写？”

我微笑着继续向宾客们点头示意，小声地说：“我试了，但是怎么写都感觉不对，

我写了一遍又一遍，但是我都不满意，怎么办？我现在很慌！”

七七双手握住我的肩膀，认真地对我说，

“别慌，别慌，你就走上前去，用心听他的誓约，然后你心里什么感受就怎么说，用心去说。

你和他坎坎坷坷这么多都挺过来了，因为你们的心在对的地方，

所以，什么都不要想，听你心的话，然后把它大声地说出来。”

我微微地平静下来，点点头。

— 338 —

音乐响起，他在红毯的尽头等着我，

他穿着笔挺的燕尾服，帅极了。

母亲陪我走上红毯，缓缓地走，

看到他的第一眼，我的眼泪就不争气地流下来，

历史像电影一样在眼前上演，

第一次在酒吧看到他，

第一次和他出海，

第一次我放下矜持求他选我，

第一次同居，

第一次纹身，

第一次在他面前落泪。

一切是就像做梦一样，

直到他走到我的面前，握住我的双手，

一瞬间，一切又都是那么真实，美梦成真实。

他说：

“我知道你曾经害怕去爱，因为你知道失去你爱的人的时候有多么的痛，

所以，今天，我要告诉你，你永远都不会失去我，

因为我无法想象一天没有你的日子。

当我难过的时候，害怕的时候，我看着你，

你不会躲避我的目光，你会坚定地看着我，

你的眼神会让我安静下来，只要你的一个眼神，我的世界就会安静下来。

我爱你，越来越爱你，所以，我给你我的双手，我的心，我的爱，我的一切。”

轮到我了，我还是不确定我要说是什么，

我只记得七七的话，‘用心说’，

于是，我用心说：

“人生，充满了意外，无论你如何计划你的人生，

你永远都不知道你最后会在哪，你最后会和谁在一起，

不过这就是它精彩的原因，而你就是最好的例子。

在我知道我是怎样的一个人之前，你就知道我是怎样的一个人，

你耐心地对待我，你给我你的爱，你教会我如何去爱，

没有你，我的生活里就没有爱。

Fabrice Quintin Mendez，今天，我们的结婚的日子，

我保证，我会做你的挚友，你的情人，你的伴侣，陪你一辈子。”

我做到了，我得到了我完美的结局。

— 339 —

晚宴上，长辈们都轮番致辞，纷纷送上祝福，

坐我对面的K姐也忍不住站起来说两句：

“我今天非常非常的为我的弟弟开心，终于能走近婚姻的殿堂，能和这么有才有貌的人结婚！

我希望你们能够白头到老，如果有幸能有孩子，当然就更好了！”她一口干了那杯香槟。

我有点疑惑地问她，“有孩子？”

“对啊，你将来不想要个孩子吗？”

我尴尬地笑着：“想啊，我想啊，但是我以为你不是一个喜欢小孩的人。”

她毫无察觉我的质问：“我不喜欢小孩，为什么要自己生一个？”

“呵呵，也是哦。”我没再追问，可是满脑都是疑问。

— 340 —

我把法法拉到一个安静些的角落，

“你姐说她很喜欢小孩？”

他也没有察觉到我的质问：“对啊，她很喜欢小孩。”

我有点急躁了！

“恩，OK，请容许我先向你道个歉，因为我有偷看你的日记，

你在你日记里面写说，她不喜欢小孩，她本来要去做人流的，

她生下了她儿子是因为她男朋友要那个孩子。”

法法愣住了，他这才意识到我在问什么，他的眼里充满了慌乱，

他逃开我的视线，看着远处的宾客，一脸假笑咬着牙说：

“现在不是谈这个事情的时候。”

我一股脑的要知道真相：“什么意思？你有什么事情瞒着我？”

他加强语气地说：

“现－在－不－是－谈－这－个－事－情－的－时－候！”

“今天是我们的婚礼！今天是关于爱和忠诚！今天，不能有任何的谎言！”

我的声音越来越大，有些客人不安地看过来，

法法向客人点头微笑，示意一切安好，他转身，挡住客人的视线，小声对我说，

“我，我一直都知道你有在读我的日记，所以后来我其实也就为你而写。

我不想你再去见他，

为了让你不再见他，你就不能生下那个小孩，

你不能生下一个流着他的血液的小孩，

那个小孩就会像个不定时炸弹，总有一天会把你和他又联系到一起，

不知道那一天会何时到来，

我也不喜欢这种提心吊胆的感觉。

但是我不能直接告诉你，因为我知道，如果我叫你不要那个孩子，只会让你更想要那个孩子。

所以我的日记是为你而写，因为我知道你会去读，

所以我编出那个故事，希望你读了以后会同意去人流，

这样，对每个人来说都是最好的。”

我火冒千丈，我有点失去理智了：“所以你骗我？摆布我的想法？”

“我没有摆布你的想法，我只想帮你做出正确的决定，但是最后的决定还是你自己做的。”

他还试图让我安静下来，可是为时已晚，

“你才不是想帮我，你是帮你自己，你只想得到你想得到的，不管我想要什么！”

“你想要的是自私的，你想要的对我不公平，对那个男生不公平，对那个孩子更不公平！”

看过来的人越来越多，

“你想要的就不自私了？”

“我想要的是和你在一起，不要有任何人干扰地和你在一起，

我想要的是永远和你在一起，

我想的是办一场这样的婚礼来庆祝我们俩在一起。

而你现在这样大喊大叫的，都要把这婚礼给破坏了。”

我倒退两步，“真是太对不起你了，把你的婚礼给破坏了，我该走！”

我转身离开，他追出来，

“你去哪？！”

我一语不发地继续走，

越走越快地跑起来。

51

My name is Ellie 3.0

— 341 —

我们总是想知道真相是什么，我们的好奇心唆使我们去问，

你为什么欺骗我，你到底爱没爱过我？

我们要求真相，即使真相可能会伤我们于无形，我们依旧要求。

可问题是，知道以后呢？

当你知道真相以后，你要怎么做？

真相往往不是答案，真相往往造出更多的疑问，

而最困难的部分才刚刚开始。

— 342 —

3月22号。

Bang! 我听见很大一声，

我想我好像被车撞了，

我被撞到在地，

就那么躺着，

那一秒，我就想那么躺着，不想再争，不想再吵，不想再站起来，就这么躺着。

Ouch! 我这才感到痛，

我想我好像在流血，

我摸了摸我的腿，我模糊的看见我鲜红的手，

恩，是的，我在流血。

“女士，你能听见我说话吗？女士？”好像有人在和我说话，

好像是个过路人，呵呵，我还是个幸运者。

“你能听见我说话吗？”

我能听见他，那么大声，吵死人了，但是我看不清楚，只能模模糊糊地看见他的那双温暖的蓝色眼睛。

“怎么回事，Josh”好像他的朋友在问他。

温暖亲切的英式口音再次回荡我的耳边，

“你能告诉我你的名字吗？女士？！”

呵呵，我也不知道为什么，这个问题会戳中我的笑点。

我两眼放空，面带微笑地说：

“My name is Ellie.”

THE END

(To Be Continued ...)

恋

脚本 LOVE THE PLAY

SEASON 01

图书在版编目(CIP)数据
恋·脚本 / 樊野 著. —— 南京：江苏文艺出版社，2013.8

ISBN 978-7-5399-6428-7

Ⅰ.①恋… Ⅱ.①樊… Ⅲ.①长篇小说－中国－当代 Ⅳ.①I247.5
中国版本图书馆CIP数据核字(2013)第176392号

书　　名	恋/脚本
作　　者	樊野
出 品 人	戴小新
责任编辑	姚丽
特约编辑	唐朝美
封面绘图	樊野
封面设计	一缕文化
出版发行	凤凰传媒股份有限公司 江苏文艺出版社
出版社地址	南京市中央路165号　邮编：210009
出版社网址	http: //www.jswenyi.com
经　　销	天津市新星图书商贸有限公司 http: //www.ubooks.com.cn 022 27694843
印　　刷	深圳市精英印刷有限公司
开　　本	142mmX210mm　1/32
字　　数	100千字
印　　张	10.6
版　　次	2013年9月第1版 2013年9月第1次
标准书号	ISBN 978-7-5399-6428-7
定　　价	39.80元